Brigitte Marleau

Asclé

La grande découverte

Catalogage avant publication de Bibliothèque et Archives
nationales du Québec et Bibliothèque et Archives Canada

Marleau, Brigitte, 1968-

Asclé

Sommaire : t. 1. La promesse — t. 2. La vengeance — t. 3. Le combat —
t. 4. Le trésor — t. 5. La terreur — t. 6. La mort noire — t. 7. La solution
finale — t. 8. La grande découverte.

Pour les jeunes de 13 ans et plus.

ISBN 978-2-89595-315-9 (v. 1)
ISBN 978-2-89595-316-6 (v. 2)
ISBN 978-2-89595-317-3 (v. 3)
ISBN 978-2-89595-382-1 (v. 4)
ISBN 978-2-89595-430-9 (v. 5)
ISBN 978-2-89595-436-1 (v. 6)
ISBN 978-2-89595-533-7 (v. 7)
ISBN 978-2-89595-534-4 (v. 8)

I. Titre. II. Collection : La grande découverte.

PS8626.A745A82 2008
jC843'.6   C2008-940738-5
PS9626.A745A82 2008

Auteure : Brigitte Marleau
Révision : Sophie Ginoux, Sylvie Tremblay, Sonia Cosentino et
Anne-Marie Théorêt
Illustration : Sophie Wilkins
Graphisme : Mika

Dépôt légal — Bibliothèque et Archives nationales du Québec,
1ᵉʳ trimestre 2011

ISBN 978-2-89595-534-4

Gouvernement du Québec — Programme de crédit d'impôt
pour l'édition de livres — Gestion SODEC

Boomerang éditeur jeunesse remercie la SODEC pour l'aide
accordée à son programme éditorial.

Nous reconnaissons l'aide financière du gouvernement
du Canada par l'entremise du Fonds du livre du Canada (FLC)
pour nos activités d'édition.

Imprimé au Canada

*À tous ceux et celles
qui prennent le temps de m'écrire
et de m'encourager à poursuivre
l'écriture des romans d'Asclé.
Je vous remercie du fond du cœur.*

Bonne lecture !

Brigitte

Table des matières

1

LE CAUCHEMAR

*L'histoire est un cauchemar
dont je cherche à m'éveiller.*
James Joyce, extrait d'*Ulysse*

— Salomé ! Viens ici ! cria Asclé à son chat.

— Asclé ! Attention ! s'écria Étienne.

— Quoi ?

Un bruit sourd se fit entendre, puis…

Étendus sur le sol, Asclé, Étienne et Marianne étaient enfermés dans une des nombreuses pièces funéraires de la pyramide de Khéops[1]. Une immense pierre qui avait été roulée jusque-là bloquait la sortie. La cire de la chandelle avait depuis longtemps fondu, et les trois amis étaient plongés dans l'obscurité. L'air commençait à manquer et ils respiraient difficilement, quand soudain ils furent témoins d'une apparition. Doña Paz se tenait au milieu d'eux dans un halo de lumière bleue.

— Doña Paz ! articula Asclé avec un léger regain d'énergie.

— *Holà[2] !*

---

[1] Monument construit par les Égyptiens dans l'Antiquité.
[2] Bonjour !

— Sortez-nous d'ici, je vous en prie! supplia Marianne.

— *Qué pasa³?*

— Vous voyez, nous sommes enfermés et nous commençons à manquer d'air, marmonna Étienne.

— Jé vois en effet qué vous êtés enfermés, mais pas à l'endroit où vous lé pensez.

— Quoi? s'exclama Asclé. Nous sommes dans une pyramide, non?

Salomé, son chat, miaula et se frotta contre les jambes de sa maîtresse.

— Non! Vous êtes enfermés dans vos têtes, continua la Mexicaine.

— Quoi? redemanda Asclé, qui s'était relevée sur ses coudes.

— Cé qui est déhors est dédans, et cé qui est dédans est déhors.

— Je ne voudrais pas paraître impoli, renchérit Étienne en se raclant la gorge, mais nous sommes prisonniers dedans, c'est évident. Si nous étions dehors, nous ne serions pas sur le point de mourir asphyxiés.

Des gouttes de sueur lui coulèrent dans les yeux.

---

³ Que se passe-t-il ?

— Des malfaisants nous ont séquestrés, expliqua Marianne, à bout de souffle.

— Aidez-nous! supplia Asclé.

— Nous formons oun tout, rappélez-vous cé qué jé vous ai dit. Vous êtes entièrement responsables dé cé qui vous arrive, et comme jé suis ici, jé suis totalément responsablé dé cé qui vous arrive aussi. Vous pouvez...

Asclé ne parvenait pas à entendre les conseils de la vieille dame.

— Et encoré... Sûrement mieux dé...

— Quoi? Je ne vous entends pas...

Une voix venant de loin lui chuchota: «Asclé! Est-ce que tu m'entends?»

Tranquillement, l'apparition s'atténua.

— Non! Doña Paz! Ne partez pas, je vous en prie!

Asclé rampa pour essayer de rattraper la lumière qui, tranquillement, disparaissait. La jeune fille se mit à verser des larmes et regarda autour d'elle. Il ne restait plus qu'une faible lumière témoignant de la présence de la Mexicaine. Ses compagnons et son chat avaient disparu. Effrayée, elle se rendit jusqu'au bloc de pierre qui obstruait l'entrée et commença à frapper dessus.

— Non ! Non ! Étienne ! Marianne ! Ouvrez-moi ! Ouvrez-moi ! Qu'est-ce que je n'ai pas compris ? Dites-le-moi ! Qu'est-ce que je n'ai pas compris ? Ne m'abandonnez pas ! Ne me laissez pas seule ! Je ne veux pas mourir !

Des symboles lumineux apparurent alors, gravés dans la pierre. Quand Asclé approcha ses doigts de cette écriture, une vive brûlure la fit hurler à la mort.

Asclé hurlait encore quand sa mère arriva près d'elle.

— Asclé ! Asclé ! C'est maman !

La jeune fille ouvrit les yeux. Dehors, il faisait encore nuit.

— Tu as fait un cauchemar.

— Oh ! Désolée, maman ! Je t'ai réveillée ?

— C'est le moins qu'on puisse dire. Tu as sûrement réveillé tout le voisinage.

— Désolée encore !

— Ce n'est rien. Allez ! Essaie de dormir.

— Mmmm.

Asclé se leva pour aller se chercher un verre d'eau. Quel cauchemar ! Tout ça avait l'air si réel. En attrapant le verre, elle grimaça et regarda ses doigts. Les symboles qu'elle avait vus en rêve étaient marqués sur sa peau !

Elle s'était réellement brûlée. Salomé, le nouveau chat de la maison, s'étira et lâcha un léger miaulement. Asclé dirigea son attention vers lui. Habituellement, les êtres humains adoptaient les animaux de compagnie, mais dans son cas, on pouvait dire avec certitude que c'était plutôt le chat qui les avait adoptées.

— Veux-tu sortir, Salomé ?

Sans attendre de réponse, Asclé ouvrit la fenêtre. Le félin sauta sur le comptoir et se frotta contre les mains de la jeune fille, avant de sortir dans la nuit.

— Sois prudent, lança Asclé.

Elle referma la fenêtre et alla se remettre au lit. Mais elle n'arrivait pas à fermer l'œil. Elle regardait les symboles gravés dans sa chair. Elle avait passé une partie de la journée à la bibliothèque, afin de faire des recherches sur l'Égypte et les pharaons, ce qui expliquait sûrement son rêve. Elle avait lu que la pyramide de Khéops avait été classée comme une des sept merveilles du monde. Elle avait été érigée pour le pharaon Khéops, et les travaux de sa construction avaient commencé en 2650 av. J.-C. Une petite voix dans la tête d'Asclé se mit alors à lui souffler qu'elle devrait aller sauver les Égyptiens, que c'était à elle que revenait cet honneur. Elle repensait à toutes ses vies antérieures et à toutes les souffrances qu'elle avait endurées jusque-là, quand soudain Doña Paz apparut réellement dans sa chambre... Du moins, l'illusion semblait réelle, et Asclé n'était pas en train de rêver.

— *Holà !*

— Doña Paz ! Je viens justement de rêver de vous.

— Quelle coïncidencé ! Moi aussi. Et c'est pour ça qué jé suis vénoue.

— Pour le rêve ?

— Non, parcé qué j'ai senti qué jé dévais vénir, c'est tout.

— Ah, d'accord. Dans mon rêve, vous avez voulu me dire quelque chose, mais je n'entendais rien. Vous avez continué à parler et vous avez finalement disparu, avant que je saisisse ce que vous veniez de me dire.

— Alors, quelle était la question ?

— Attendez que je me souvienne. Nous étions prisonniers, vous êtes apparue et je vous ai demandé ce que nous pouvions faire pour nous en sortir.

— Et qu'est-cé qué jé vous ai dit ?

— C'est là que se trouve le problème, je n'ai rien compris. Vos lèvres bougeaient, je voyais bien que vous parliez, mais je n'ai rien saisi.

— Mmmm. *Eso es la vida*[4] ! La vie parlé, mais qui la comprend ?

— Vous disiez que nous étions enfermés dans nos têtes, mais en réalité nous étions dans une pyramide.

— Très intéressante !

— Plutôt apeurant, au contraire !

— D'être enfermé dans sa têté est bienne plous troublant, tou né trouvés pas ?

— Que voulez-vous dire ?

Doña Paz se mit à rire.

— Dans ta tête… tou imaginés ?

— J'imagine quoi ?

— Mais cé qué jé viens dé t'expliquer !

Asclé resta bouche bée. Elle n'avait rien compris. La jeune fille était abasourdie. Elle se souvenait qu'à la fin de son rêve, elle était restée toute seule dans la pièce, les autres n'étaient plus là.

— Je… euh…

La vieille Mexicaine se mit à bâiller.

---

[4] C'est la vie !

— Jé pensé qué jé devrais aller mé réposer ploutôt qué dé mé proméner comme ça la nouit.

— Oh, juste avant que vous partiez ! Regardez ma main !

— Montré-la-moi.

— Qu'y lisez-vous ?

— Jé souis désolée, jé né sais pas liré dans les lignés de la main.

— Non, je vous parle des symboles.

— Quels symboles ?

La jeune fille regarda ses doigts. Il n'y avait plus rien dessus ! Pourtant, elle était certaine qu'après son rêve, les symboles étaient là. Elle avait même ressenti de la souffrance en prenant son verre.

— J'étais certaine que ma main portait des symboles.

— Eh bien, tou rêvés encoré.

Une voix lui souffla alors : « Ne t'en fais pas ! C'est normal que tes doigts te fassent souffrir ! »

Doña Paz se remit à bâiller, et Asclé l'imita.

— Jé souis désolée, les bâillements sont countagieux. Jé viens dé té lé réfiler.

— Ce n'est rien, dit Asclé en ouvrant la bouche bien grand.

— Jé mé démandé cé qui sé passe dans notre cerveau, mêmé lire le mot « bâiller » mé fait le fairé. Allez ! Jé m'en vais. Et n'oublie pas, resté…

Encore ! pensa Asclé. Elle n'avait pas entendu le reste de la phrase que son amie lui avait dit. Elle ferma les yeux. Et tenta de faire le vide dans sa tête. Difficile de ne pas porter attention à la voix qui lui parlait intérieurement. Asclé la laissa s'exprimer sans tenter de la faire taire. Elle l'écouta et sourit quand cette dernière se tut. Enfin, le silence emplit Asclé, qui pensait pouvoir s'endormir quand un bruit à la fenêtre de sa chambre la fit sursauter. « Ce doit être Salomé », pensa-t-elle. Elle s'approcha et vit qu'un petit paquet avait été déposé au bord de sa fenêtre. Hésitante, elle l'ouvrit et s'empara du colis.

Elle retourna s'asseoir sur son lit. Maintenant, elle était persuadée que sa nuit était fichue, alors autant tirer ce mystère au clair. Elle déballa la boîte. Elle fut étonnée de son contenu et ne remarqua pas son miroir magique l'avertir d'un danger.

2

LE BIJOU

Quand on croise son destin, le secret s'impose.
La magie est à ce prix.
Noëlle Châtelet, *La femme coquelicot*

Habillé d'un manteau de laine noir, portant des gants et un chapeau, un beau jeune homme aux yeux bruns et aux cheveux blonds traversa la rue. Il tenait dans ses mains un petit bout de papier indiquant une adresse. Il avait longtemps cherché où se situait cette boutique. L'adresse indiquée n'avait pas l'air de correspondre à quoi que ce soit dans la rue qu'il arpentait, quand une pancarte en métal claquant au vent lui fit faire demi-tour. Il put lire, peint à la main, le numéro 666 tracé en rouge sur le panneau. L'endroit ressemblait à un logement et non à une boutique. Il saisit la poignée. Celle-ci n'était pas verrouillée et il entra. L'intérieur ressemblait à un magasin, mais les objets qu'on y trouvait auraient fait fuir plus d'un acheteur. Il y avait en effet à vendre sur place de nombreuses statuettes de démons, des petits cœurs saignants dans un réfrigérateur vitré, des grimoires, des pattes et des griffes d'animaux, et même des yeux. Bref, on se serait cru dans une légende. Le jeune homme s'approchait d'une vitrine qui contenait des bijoux anciens quand une vieille femme arriva de l'arrière-boutique. De longs cheveux gris raides lui tombaient sur les épaules et quand elle ouvrait la bouche, on pouvait apercevoir de vilaines dents jaunes et noires déchaussées. Elle chiquait négligemment du tabac. Elle retroussa les manches d'une veste miteuse avant d'adresser à son client un sourire à faire peur.

— On a des ennemis ? demanda-t-elle pour engager la conversation.

Le jeune homme se limita à la fixer sans lui répondre.

— Savez-vous au moins ce qui vous attend ? l'interrogea-t-elle.

Il sortit de sa poche une boucle d'oreille. La vieille femme s'en approcha.

— Par Lucifer ! Vous possédez la deuxième boucle d'oreille ?

Elle plongea ses mains noueuses derrière la vitre du comptoir et en sortit un étui. Celui-ci contenait une boucle d'oreille identique.

— Je vous l'achète ! Dites-moi votre prix ! répliqua-t-elle nerveusement.

— Non! C'est moi qui vous achète celle-ci, dit-il en indiquant l'étui qu'elle venait de sortir.

Le jeune homme sortit de sa poche une somme incroyable d'argent. À la vue d'autant de billets, la vieille femme eut un malaise. Elle mit sa main gauche sur son cœur.

— Mes pilules! Donnez-moi mes pilules! Elles sont dans ma poche.

Le jeune homme ne bougea pas et la regarda plutôt s'effondrer. La vieille vendeuse mourut au bout de quelques minutes d'une attaque cardiaque. Son client reprit son argent, fit alors le tour du comptoir, mit une main sur le cou de la dépouille pour s'assurer que la femme était morte et, quand il en fut convaincu, il la poussa de son pied et s'empara de la boîte contenant la boucle d'oreille qu'il cherchait. Doucement, à l'aide d'un mouchoir, il déposa celle qu'il avait en sa possession à côté de l'autre. Il sortit aussitôt de la boutique et s'engouffra dans la rue avec son précieux paquet.

Arrivé chez lui, il soupa et étudia quelques formules maléfiques. Quand l'horloge indiqua vingt-trois heures, il s'installa dans la pièce consacrée à ses rituels et ouvrit le grimoire de magie noire qu'il s'était procuré quelques mois plus tôt. Il alla à la page qui indiquait comment rendre un objet maléfique. Il avait rassemblé tous les éléments qu'il avait jugés nécessaires, car, depuis peu, il modifiait les invocations et se les appropriait. Il avait étudié les démons et leurs pouvoirs, et il savait lequel lui serait le plus utile pour arriver à ses fins. Il avait réussi un véritable exploit en s'immisçant jusque dans les rêves des personnes qu'il voulait torturer. Jamais auparavant, il n'aurait pu penser être aussi habile. Les démons lui venaient en aide si facilement. Aujourd'hui, il appellerait les démons vengeurs à se manifester à ses côtés. Il déposa sur la table une bougie noire, un cœur de poulet, des clous et un morceau de soie noire. Il alluma la chandelle et plaça soigneusement les boucles d'oreilles dans une coupe en argent. Puis, il prit le cœur de poulet et le mit au-dessus en disant :

« Asmodée[5] et autres démons, venez vers moi pour accomplir ma vengeance ! Faites de moi un des vôtres. Apprenez-moi à faire le mal. Asmodée, par ce sang… »

---

[5] Un démon de la Bible possédant plusieurs autres prénoms.

Il transperça le cœur de poulet avec un clou, et quelques gouttes de sang tombèrent sur les boucles d'oreilles.

« Par ce sang, rends-moi puissant et fais en sorte qu'elle se présente ici. »

Il sortit une photographie de sa poche.

«... Je veux qu'elle subisse l'extrême humiliation et soit sous mon total contrôle. »

Ensuite, il prit la photographie et la fit brûler, en disant :

« Désormais, tes moindres faits et gestes seront sous ma gouverne. Désormais, tu m'appartiens, Asclépiade Laplante ! »

3

LA GRANDE DÉCOUVERTE

Demain ne sera pas comme hier.
Il dépendra de nous.
Il est moins à découvrir qu'à inventer.
Gaston Berger, *Phénoménologie du temps*
et prospective

Marianne était venue tout de suite après l'appel de son amie. Asclé l'attendait dans les escaliers.

— On va se promener ? demanda Asclé.

— OK, d'accord pour moi.

— J'avais besoin de te parler.

— C'est pour ça que je suis ici.

En attrapant la rampe, Asclé ressentit une brûlure. Elle lâcha un petit cri et regarda sa main. Les symboles de son rêve étaient réapparus sur ses doigts.

— Qu'est-ce qu'il y a ? demanda Marianne.

— Ma main, j'ai mal. Tu vois ces symboles sur mes doigts ? Je me suis fait ça en rêve.

— Moi, je ne vois rien, déclara Marianne.

— Tu blagues, hein ? l'interrogea Asclé, qui voyait très bien les symboles, comme marqués au fer rouge sur ses doigts.

Marianne regarda encore.

— Non, désolée, je te jure que je ne vois rien.

Asclé, contrariée, observa de plus près sa main. Les symboles venaient encore de disparaître.

— Je te jure qu'ils étaient là ! se défendit-elle.

— Je te crois, ne t'en fais pas. Cela doit faire partie de ton autre vie en Égypte. On saura plus tard ce qu'ils veulent dire. Allez, tu voulais me parler. Oh, mais juste avant, tu devrais piger une de mes cartes d'avenir.

Marianne sortit de son sac un paquet de cartes. Asclé se prêta au jeu, le sourire aux lèvres.

— Vas-y ! Tu peux en piger une, l'invita son amie.

La jeune fille tira la carte de l'amoureux.

— Mmmmm ! fit Marianne. Attends, je vais te lire ce que cette carte veut dire. C'est le doute, l'incertitude face au bon chemin à prendre.

Asclé redonna la carte à Marianne et se cacha le visage de ses deux mains. Une de ses pensées la fit rougir à vue d'œil.

— Alors, poursuivit Marianne. Dis-moi ce qui se passe !

— Cette nuit, j'ai reçu un petit colis à ma fenêtre.

Marianne sourit.

— Un admirateur anonyme ?

— Oui, mais j'imagine que c'est Étienne. Regarde !

Asclé repoussa ses cheveux d'une main et montra à son amie les boucles d'oreilles en or qu'elle avait reçues.

— Tu penses réellement qu'Étienne aurait été te porter un bijou et te l'aurait laissé comme ça, sans te faire signe, au bord de ta fenêtre ? Penses-y, voyons ! Moi, je ne crois pas que ce soit Étienne. Ça doit être un admirateur secret !

— Oh ! Je suis toute perdue. Marianne, aide-moi ! Si ce n'est pas Étienne qui me les a offertes, il n'aimerait pas que je les porte.

— Tu peux lui dire que ça vient de ta mère, de ta tante ou de moi.

— Je ne veux pas lui mentir.

— Mais ne pas tout dire, ce n'est pas mentir, et tu ne sais pas toi-même qui te les a envoyées.

— Tu as raison. Je ne le sais pas…

Asclé réfléchit… puis bascula à Alexandrie en 49 av. J.-C.

Cléopâtre, cachée derrière des tentures, écoutait la conversation entre Achillas et son frère Ptolémée XIII. Quelques années auparavant, elle avait été contrainte d'épouser son frère de dix ans, selon la loi des Lagides[6]. Cette obligation ne faisait l'affaire ni de la sœur ni du frère. Aussi, ce dernier se mit-il à comploter contre elle avec l'aide des conseillers qui voyaient d'un mauvais œil cette nouvelle souveraine ambitieuse.

— Maître, dit Achillas, j'ai fait venir un mage pour que vous sachiez ce qui vous attend.

— Très bien, mon ami, faites-le entrer, dit le jeune souverain.

Le mage, habillé d'une robe en soie et de pierreries, entra dans la salle du trône. Il était grand et mince, et avait des traits droits. Il alla se prosterner devant le souverain. Ptolémée le salua et l'invita à venir lui lire son avenir. Cléopâtre et ses suivantes écoutaient toujours très attentivement. Le mage sortit un bac, ainsi que des pierres. Il demanda à Ptolémée de toucher les pierres, puis de les jeter sur le sable.

---

[6] Règles édictées par une dynastie grecque vivant en Égypte.

Ce que fit le jeune souverain. Puis, le mage s'empara du bac et commença à lire l'avenir du pharaon.

— Je vois que votre règne est menacé. Cette menace vient d'un autre pays. Je vois des lauriers. Une présence féminine s'alliera avec l'ennemi.

Achillas se pencha et glissa à l'oreille de Ptolémée :

— Ça ne me surprendrait pas que ce soit votre sœur. Vous savez qu'elle essaie de créer des liens avec Rome.

Le mage poursuivit.

— Je vois que la force de l'ennemi est maîtrisée par votre armée.

Cela fit sourire le jeune souverain.

— Vous accomplirez de grandes choses, mais malheureusement vous mourrez bientôt.

Cette phrase fit sourire Cléopâtre.

Le jeune souverain, nerveux, demanda :

— Y a-t-il un moyen d'empêcher ça ?

Le mage sortit une fiole contenant un poison et la remit au pharaon.

— Débarrassez-vous de votre sœur, Votre Majesté !

En entendant ces mots, Cléopâtre se redressa et accrocha dans son geste les tentures, qui valsèrent sur le crochet et alertèrent son frère de sa présence. Prise au piège, elle lâcha un petit cri et dit à ses suivantes de la suivre. Elle prit la fuite dans le palais, tandis que le jeune souverain ordonnait de la rattraper. Mais Achillas, qui se faisait vieux, ne put courir suffisamment vite pour mettre la main sur elle. Le mage demanda alors la parole à Ptolémée XIII.

— Si vous le voulez, je peux lui jeter un sort.

Le jeune pharaon hocha la tête.

— Alors, qu'est-ce que vous attendez ? s'impatienta-t-il.

Le mage invoqua aussitôt le ciel et tous ses démons, et cria d'une voix rauque :

« Démons de l'enfer, descendez sur Terre ! Et faites que la vie de cette femme soit pavée de misère et de souffrances ! »

Malgré le mauvais sort qui lui avait été jeté, la souveraine réussit à s'enfuir à cheval et à se réfugier près de la Phénicie.

Marianne soupira de soulagement quand Asclé rouvrit les yeux.

— C'est pas trop tôt !

— Ouf! fit Asclé en tentant de s'asseoir, mais dont la tête tournait encore. Ce n'est pas possible, ce qui m'arrive.

— Qu'est-ce qu'il y a?

— Je ne peux pas être... J'ai toujours été Asclé dans mes autres vies. À moins que...

— Mais tu vas me le dire, à la fin, ou il faut que je devine?

— Ma mère, à ma naissance, m'a baptisée Marie, Asclépiade, Cléo.

— Oui, et moi je m'appelle Marianne, Octavie, Marie. Il n'y a rien de particulier à avoir plusieurs prénoms sur son acte de naissance.

— Octavie? Tu ne trouves pas ça un peu bizarre?

— Toi, Asclépiade Laplante, tu trouves qu'Octavie est un prénom bizarre?

— Oui... enfin, non, je sais... Je suis seulement surprise. Tu as raison, Asclépiade ou Octavie, c'est aussi bizarre l'un que l'autre. Simplement, dans toutes mes autres vies, je portais le nom d'Asclé, et maintenant...

— Vas-tu finir par me dire qui tu étais dans cette autre vie?

— J'étais... Cléo...

— Cléo?

— Cléopâtre, la quatorzième souveraine d'Égypte.

— Quoi ? Tu en es certaine ?

— Je...

Soudain, Asclé sentit un pincement à ses oreilles.

— Aïe ! Mes oreilles ! Aïe ! Ça chauffe !

— Qu'est-ce qu'il y a ? demanda Marianne.

— Mes boucles d'oreilles ! Je dois faire une infection.

Asclé porta la main à ses oreilles. La jeune fille tenta d'enlever les bijoux, mais elle en fut incapable.

— Laisse-moi t'aider, suggéra Marianne. Oh, mon Dieu ! Tu as les oreilles toutes rouges. Qu'est-ce que c'est que ça ?

En les regardant de plus près, les boucles avaient l'air soudées au corps d'Asclé.

— Mais c'est impossible ! s'écria Asclé. Je veux les enlever.

— Ne t'en fais pas ! Habituellement, tu le sais, ce qui provient de tes autres vies s'efface. Je crois que ce n'est qu'une question de minutes.

— Mais ça ne provient pas de mes autres vies ! Ça provient d'un colis anonyme !

— On trouvera un moyen de les enlever. Étienne en sera sûrement capable.

Asclé tenta de se convaincre que son amie avait raison. Toute cette histoire la troublait.

— Étienne?

— Oui, je me sentais mal que tu bascules dans un autre monde, alors je l'ai appelé. Et il a dit qu'il... Ah, le voilà, justement!

Étienne, sac au dos, approchait à grands pas.

— Pas un mot au sujet du colis anonyme, murmura Asclé.

— Promis, voyons! répondit Marianne.

— Salut les filles! s'écria Étienne

Il s'approcha d'Asclé et l'embrassa longuement.

— Bon, ça va! lança Marianne après quelques secondes. On part manger, tu peux la lâcher.

Étienne lui sourit.

— Je croyais qu'en sortant avec un gars, tu serais moins jalouse.

— Qu'est-ce que tu racontes, espèce de macho? Je ne suis pas jalouse.

— Princesse, c'est une blague! Est-ce que c'est toi qui as mis ces discrètes boucles d'oreilles à ma bien-aimée?

— Non, figure-toi. C'est elle.

Le jeune homme, intrigué, regarda sa copine.

— Vraiment?

— Pas réellement. Ça vient de... de ma mère, hasarda Asclé.

Marianne regarda son amie avec pitié, car elle mentait lamentablement. Pourvu qu'Étienne ne remarque rien.

— Mais je crois que ça ne me va pas, finalement. J'aimerais les enlever, seulement je n'y arrive pas.

— Laissez faire l'homme de la situation.

— Essaie de les enlever si tu peux, j'en serais ravie.

Asclé se pencha, et Étienne constata qu'il ne pouvait rien faire.

— Bon, je vous crois, admit-il.

— C'est pas trop tôt, lâcha Marianne.

— Princesse, si tu avais porté ces magnifiques boucles d'oreilles, je n'aurais rien dit. Mais Asclé qui porte des bijoux, disons que cela me surprend beaucoup plus. Elle ne porte même pas le bracelet que je lui ai offert.

— Je... je l'aime beaucoup, mais il me fatigue quand je dois écrire, se défendit-elle.

La même petite voix intérieure qu'elle entendait plus tôt lui dit alors : « Vous devez mettre ce bracelet ! »

Visiblement mal à l'aise, Asclé tenta de changer de sujet.

— Et si on décidait à quel resto on va ?

— Chinois ? proposa Marianne.

— D'accord, répondit le couple en chœur.

Ils se dirigèrent vers un petit restaurant sympathique, le Biscuit chinois. Ils entrèrent et furent immédiatement accueillis par une gentille serveuse.

Asclé commençait à trouver ses boucles d'oreilles très lourdes.

— Étienne ! lança Marianne, on peut savoir les autres prénoms que t'ont donnés tes parents ?

— Oui. Batman, Superman, Spiderman…

— Idiot ! Je parle sérieusement.

Asclé sourit. Étienne ne changerait donc jamais.

— Je crois que je m'appelle Joseph, Jules, Étienne.

— Quoi ? Répète ! lança Asclé.

— Je sais que c'est très laid, mais je n'y peux rien.

— Tu t'appelles Jules, et Marianne porte le nom d'Octavie. N'est-ce pas une belle coïncidence ?

— Belle ? Je ne sais pas…

Marianne lui lança sa serviette de table.

— Je trouve que tu devrais améliorer ton sens de l'humour, Princesse, la taquina-t-il.

— Viens ici, que je t'égorge ! Tu vas voir que je vais bien m'amuser.

La serveuse amena à chacun un bol de soupe won-ton. En prenant sa cuiller, Asclé bascula en arrière.

Cléopâtre était une femme extrêmement cultivée. Elle avait appris plusieurs langues afin de négocier elle-même avec les pays voisins de l'Égypte et avec la population. Elle avait étudié le théâtre, la rhétorique[7], l'astrologie, l'astronomie et même la médecine. Aussi, quand cette femme ouvrait la bouche, on ne pouvait qu'être subjugué[8] par son savoir et surtout par sa façon de communiquer. Elle régnait sur toute l'Égypte avec autorité et amour. Alors, même cachée en Phénicie, elle ne renoncerait pas. Elle voulait à tout prix retourner à Alexandrie pour gouverner à nouveau.

---

[7] L'art de bien parler, de persuader les gens.
[8] Séduit.

Heureusement qu'elle avait préparé sa fuite, sinon le vieux Achillas aurait réussi à la faire empoisonner. Son jeune frère ne prenait aucune décision seul, une vraie marionnette. Mais Cléopâtre venait de recevoir une bonne nouvelle. Apparemment, Jules César, qui livrait bataille, se rapprochait dangereusement d'Alexandrie.

— Charmian ! s'écria Cléopâtre. Viens ici ! Est-ce vrai, ce que l'on raconte ? Jules César serait aux portes d'Alexandrie ?

— Je crois bien que oui, vous pouvez faire confiance au messager.

— Un conseil, Charmian : ne fais confiance à personne en ce bas monde.

— C'est compris, ma souveraine.

— Apporte-moi mon nouveau parfum, une feuille de papyrus et une de mes plus belles plumes de roseau, je veux écrire à Jules César. S'il arrive vainqueur dans ma ville, je dois absolument tomber dans ses bonnes grâces.

— On raconte que c'est un excellent combattant, ainsi qu'un homme puissant, ambitieux, intelligent et beau. Vous saurez sûrement lui plaire, ma souveraine.

Cléopâtre sourit tout en réfléchissant.

— Je dois trouver un moyen d'arriver jusqu'à lui.

Elle se regarda. Elle devait à tout prix maigrir.

— C'est risqué, ma souveraine, lui dit sa suivante. Votre frère le pharaon ainsi que ses conseillers auront tôt fait d'apprendre la nouvelle et vous feront assassiner.

— Tu es très gentille de te soucier de moi, mais s'il y a une chose dont je n'ai pas peur, c'est bien de la mort, qui, de toute façon, est inévitable.

Charmian se prosterna à ses pieds.

— Mais je ne voudrais pas vous perdre…

La pharaonne l'aida à se relever.

— Allez ! Va me chercher ce que j'ai demandé. Je crois avoir une idée.

La suivante exécuta les ordres et alla chercher ce que la souveraine lui avait demandé. Le ventre de Cléopâtre gargouilla, mais elle décida de ne pas écouter sa faim. Elle devait vraiment tout faire pour perdre du poids. Elle décida donc d'aller marcher dans les jardins. De cette manière, elle éviterait de manger et dépenserait son énergie. Salomé, son chat, décida de la suivre.

Pendant ce temps, Jules César et son armée venaient d'arriver dans le port d'Alexandrie. Quand un des messagers du pharaon demanda à embarquer sur le navire pour offrir un présent à l'empereur, un pont fut installé entre les deux navires et le messager fut escorté par la garde de César. Jules se tenait à l'avant du navire, regardant les terres d'Égypte, véritable grenier de Rome depuis des lunes. Ses terres fertiles fourniraient les vivres dont ses soldats auraient besoin pour se ravitailler.

— Ave, César ! Le messager dont je t'ai parlé vient d'arriver.

— Eh bien, qu'il vienne !

L'Égyptien Achillas, envoyé par Ptolémée XIII, déposa aux pieds de Jules César un coffre en ébène[9].

— Un cadeau du pharaon, Excellence. Il dit qu'il espère que vous l'aimerez.

Jules César pensa que le coffre renfermait des pièces d'or pour rembourser le prêt que Rome avait fait à Ptolémée XII, le père de Ptolémée XIII. Il donna l'ordre qu'on l'ouvrît. Cependant, en voyant à l'intérieur la tête décapitée de Pompée, son pire ennemi, César fronça les sourcils.

---

[9] Sorte de bois de couleur foncée.

— Le pharaon vous offre aussi l'anneau de Pompée, ajouta le messager en le tendant à César.

— Vous direz à votre pharaon que face à un tel présent, j'éprouve du dégoût et que je n'ai que du mépris à son égard. Comment un souverain peut-il faire un geste aussi barbare ?

— Pardonnez-moi, César, mais il pensait vous plaire. Pompée n'était-il pas votre ennemi mortel ?

— Sans doute, mais vous n'avez pas respecté les règles du jeu. Dites à votre pharaon que Jules César, représentant de Rome, débarque à Alexandrie[10] et les convoque, lui et sa sœur, à une réunion qui déterminera le sort qu'il réserve à l'Égypte.

— Je lui ferai le message, soyez-en certain.

Reculant tête baissée, le messager fut raccompagné jusqu'au pont, où il monta dans la barque égyptienne qui l'attendait. Il faudrait absolument éliminer Cléopâtre avant cette réunion, sinon son poulain ferait pâle figure. Achillas se réjouit. Enfin, la souveraine disparaîtrait, et le jeune souverain serait sous son contrôle. Toutes ses terres et tous ses trésors seraient bientôt à lui !

---

[10] Ville d'Égypte fondée par Alexandre le Grand.

— Asclé ! murmurait Étienne. Asclé !

La jeune fille ouvrit les yeux.

— Ça va ? demanda son copain.

— Je crois que oui. Je…

Elle sentit quelque chose se refermer sur ses poignets.

— Oh !

Elle regarda ses bras et vit d'énormes bracelets en or ceinturer ses poignets.

Elle toucha ensuite ses oreilles. Les boucles en or étaient toujours en place.

— Non ! lança-t-elle.

— Il ne faut pas paniquer ! dit Étienne.

— Mais…, lâcha Asclé.

— Ça ira, voulut la convaincre Marianne.

— Peut-être, mais pour l'instant, de quoi ai-je l'air ? Je sens que mes oreilles chauffent, et j'ai les yeux qui piquent.

— Oh ! fit Étienne en la regardant.

— Quoi ? demanda Asclé.

Étienne fronça les sourcils, tandis que Marianne la dévisageait avec un sourire contraint.

— Ne panique pas, d'accord ? dit l'adolescent.

— Pas de panique ! lui ordonna Marianne. On va faire… on va faire…

— On va faire… quelque chose, bafouilla Étienne.

— Qu'est-ce qui se passe ? Dites-moi ce qui se passe !

Asclé se leva et courut vers la salle de bain. Elle voulait se regarder dans le miroir.

4

LES DÉMONS

Si l'œil pouvait voir les démons qui peuplent l'univers,
l'existence serait impossible.
Le Talmud, *textes sacrés*

Il était assis dans un cercle qu'il avait tracé avec du sel pour le protéger du triple retour. Il avait appris très tôt cette loi de la magie noire, loi qui existait aussi dans la magie blanche, mais dont l'effet était bénéfique. Cette loi se définissait très simplement : chaque sort jeté revenait comme un boomerang sur la personne qui l'avait lancé. Ainsi, un mauvais sort lancé sans méfiance pouvait faire vivre au sorcier débutant qui l'avait jeté de très mauvaises expériences. De là l'expression : « Traite les autres comme tu voudrais être traité. » Il avait, avec l'aide d'un sorcier mentor, appris quelques trucs pour échapper à l'emprise des démons qu'il interpellait pour faire le mal, mais il savait qu'il ne pouvait pas le faire complètement. Ce sorcier avait pratiqué avec lui le sortilège de dévouement.

Il se rappelait cette soirée mémorable. Il était arrivé vers vingt-trois heures près de l'église du Saint-Sacrement à Montréal et avait attendu le signal avant d'entrer. La lumière de la porte du côté de l'église s'était bientôt éteinte et rallumée trois fois. Il pouvait donc entrer. Une fois à l'intérieur, il s'était assuré de verrouiller la porte avant de traverser la sacristie, puis s'était avancé vers l'autel, là où le sorcier l'attendait.

— Bonsoir! avait lancé ce dernier.

— Bonsoir! avait-il dit, intimidé.

— Nous allons commencer. Revêtez cette robe noire et approchez-vous du cercle.

— D'accord.

Nerveusement, il avait enfilé le vêtement et s'était avancé vers le sorcier.

— N'est-il pas dangereux d'être ici, alors que quelqu'un pourrait nous surprendre?

— Vous ne devriez plus craindre les hommes à compter de ce soir. Vous craindrez les autres créatures.

Le jeune homme avait ravalé sa salive.

— Êtes-vous prêt? lui avait demandé son mentor.

Il avait hoché la tête. Le sorcier, qui avait allumé les chandelles, avait alors versé un liquide infect dans une coupe.

— Pour les démons, avait-il invoqué.

L'adepte avait sourcillé. Quelque chose le rendait nerveux.

— Allons-y! Tenez cette chandelle, et attention, on ne sait jamais ce qui peut arriver. Qui sait si les démons vont vous accepter.

— Et s'ils ne m'acceptent pas?

— S'ils ne vous croient pas sincère, ils n'hésiteront pas à vous le faire savoir. Ils ne sont pas du genre timide, si vous voyez ce que je veux dire. Prenez ce livre et récitez les paroles à haute voix, en pensant à ce que vous dites. Vous devez le ressentir au plus profond de votre être. Commencez.

Le jeune homme avait toujours haï lire à haute voix, car cela lui rappelait sa scolarité.

— Oh, juste avant, vous pouvez leur demander une faveur, avait dit le sorcier, qui possédait un don de clairvoyance.

L'adepte leur avait demandé secrètement de bien lire, puis commencé sa lecture.

«Que mon âme soit saignée par les vagues malfaisantes de la haine et de l'ombre qui s'éveillent en moi. Que je sois submergé par une vision des temps anciens, où dans le savoir baignait le monde... »

Ensuite, il se tourna vers l'est, comme le livre l'indiquait, et il continua sa lecture à voix haute. Jamais, de toute sa vie, il n'avait si bien lu. Sa voix coulait et son ton était juste.

« Que mes mains soient maudites par l'élément de l'air, que son souffle perfide m'apporte la clairvoyance, et que l'air ouvre mon troisième œil et me permette de reconnaître mes dons psychiques. »

Ensuite, le sorcier se tourna vers l'ouest.

« Que les larmes qu'apportent les rimes et les écrits soient maudites, que mon cœur se ferme grâce à l'élément de l'eau qui noie toute chose, qu'il me soit permis de flotter méchamment sur la déchéance[11] de cette eau qui donne la connaissance, mais aussi la mort. »

À ces mots, certaines créatures malveillantes avaient commencé à apparaître dans l'église, intriguées par l'invocation de ce nouveau venu. Elles s'étaient tout de suite approchées dangereusement du sorcier. Le cercle tracé par terre avec du charbon les avait cependant empêchées d'avancer davantage.

---

[11] Décadence.

— Continuez de réciter! avait ordonné le sorcier mentor.

L'aspirant avait pris une respiration et avait poursuivi.

« Que la colère et la rage de la vie qui croît m'habitent, et que toutes les créatures servent mes buts et mes désirs. »

En lisant ces lignes, il avait regardé les créatures autour de lui. Certaines souriaient en ayant l'air de dire : « On verra bien qui servira qui. » Il fallait qu'il soit fort s'il voulait dominer dans le monde du mal. Il avait donc continué.

« Que le cri du cycle incessant de la vie se perpétue en moi, maintenant et pour toujours. »

Il s'était ensuite dirigé vers la chandelle située au sud.

« Que les flammes maudites de l'enfer m'imprègnent de leur ardeur, et qu'en moi brille le feu maudit du dévouement à mes instincts et à mes désirs. Que le feu m'assiste dans ma quête de connaissances et de pouvoirs cachés. »

Il avait allumé la dernière bougie noire au centre du cercle et dit :

« Par la puissance de la Terre, du Feu, de l'Air et de l'Eau, sous le regard malveillant des ténèbres, je parle de ce que je vais devenir. Je dédie mon existence aux ténèbres, afin de connaître et de comprendre leurs secrets pour le plus grand mal et pour l'accomplissement de ma destinée.

« Je t'invoque, toi, Lucifer, grand démon connu de tous ceux qui aiment faire le mal. Prends mon âme, pour que je puisse faire partie de tes enfants chéris. Je promets de suivre les principes de ta Loi, qui sera aussi la mienne. Ô toi, démon incontesté de tous ceux qui pratiquent la voie du mal, accueille-moi dans ta grande famille. Ainsi soit-il. »

Puis, il avait bu le contenu de la coupe pour sceller son serment. C'était ainsi qu'il était devenu un grand sorcier et que la grande Bête et lui ne faisaient plus qu'un. Bien sûr, il avait encore beaucoup à apprendre, mais il évoluerait très vite.

Aujourd'hui, assis au centre de son cercle, il ressentit une blessure au visage. Quelqu'un l'avait griffé. Le mage qu'il était dans l'ancienne vie avait une cicatrice. Il resta immobile, prenant le temps de ressentir la brûlure, puis, quand la douleur s'apaisa, il décida qu'il était temps de lancer un autre sort. Cette fois, c'était au tour d'Étienne Hénault de goûter à sa médecine. Après tout, Jules César ne l'avait-il pas humilié et exilé ? Il sortit une statuette représentant Étienne. Il allait bien s'amuser. Il commença son rituel.

5

LA SURPRISE

La surprise est l'épreuve du vrai courage.
Aristote, extrait d'*Éthique à Nicomaque*

Asclé, qui se regardait dans le miroir, ne pouvait pas croire ce qu'elle voyait. Elle était littéralement en train de se transformer en Cléopâtre. Elle avait maintenant les yeux soulignés de crayon noir, et ce n'était pas un maquillage très discret. Marianne était venue la rejoindre dans la salle de bain. Étienne, resté à la table, se sentait exclu. Marianne mit la main sur l'épaule d'Asclé.

— Je suis certaine que tout ça disparaîtra, voyons.

— Peut-être, mais pour l'instant, je suis comme ça. J'ai l'air déguisée, c'est la catastrophe !

Une larme coula le long de la joue d'Asclé. Marianne la serra dans ses bras.

— Qu'est-ce qu'on va faire ? demanda Asclé. Il y a quelqu'un qui me veut du mal. Regarde mon miroir magique maya.

Marianne regarda aussi le sien.

— Tu as raison. Tout ça a l'air très sérieux.

Étienne cogna en douceur à la porte.

— Ouvrez-moi, les filles !

— Tu ne peux pas entrer, lança Marianne, ce sont les toilettes des filles.

— Ça va, je sais que ce sont les toilettes des filles, mais alors, sortez ! J'ai l'air d'un crétin, assis comme ça, tout seul à table.

— Je ne peux pas sortir, déclara Asclé.

— Mais si, tu peux. Allez, on s'en va chez moi, mon grand-père est absent. On verra qui on pourra appeler. Peut-être que Marie-Rose pourra nous aider.

— Encore mieux, répondit Marianne, on devrait se rendre directement chez elle. Je l'appelle.

— Parfait, s'écria Étienne, mais pour l'amour du ciel, sortez !

Asclé sortit en se couvrant le visage.

— On est à Montréal, Asclé. C'est rempli de gens bizarres, alors personne ne te dévisagera. Personne ne passera de commentaires. Allez ! l'encouragea Étienne.

La voix à l'intérieur de la jeune fille lui répéta : « Allez, Asclé ! Allez ! »

Étienne se rendait à la caisse pour payer quand la serveuse fit un commentaire au sujet de l'accoutrement d'Asclé. Celle-ci sortit dans la rue en rogne.

— Eh! Oh! Vous n'avez pas ouvert vos biscuits! s'écria Marianne, qui en avait pris en vitesse sur la table, pour les distribuer dehors.

— S'il te plaît, Marianne, je ne veux pas l'ouvrir, supplia Asclé.

— Bon, ça va! Je vais ouvrir le mien, alors. « Des complications surviennent », lut-elle, déprimée.

— Tu avais vraiment besoin de ce biscuit pour te rendre compte de la situation? la ridiculisa Étienne.

— Laisse tomber. J'imagine que tu ne veux pas non plus ouvrir le tien.

— C'est n'importe quoi, Marianne! Comment peux-tu croire à des stupidités pareilles?

— Ne m'insulte pas!

— Tu es une fille intelligente, alors tu devrais savoir qu'on ne peut pas lire l'avenir. Encore moins dans un biscuit fabriqué dans une usine où l'on fout au moins mille fois la même phrase par heure!

Marianne se retourna et se mit à bouder. Étienne s'en voulut de s'être emporté aussi facilement.

— Princesse, je suis désolé...

— Ne me parle plus.

— Je viens de dire que je suis désolé. Tu as le droit de croire en ce que tu veux.

Asclé tapa sur l'épaule d'Étienne, mais celui-ci, absorbé par ses excuses, ne fut pas assez rapide pour la rattraper lorsqu'elle s'effondra sur le trottoir.

— Non! Asclé! Ah! Pas ça! Pas ici!

Mais en disant ces mots, Étienne alla rejoindre Asclé dans sa vie antérieure.

Jules César avait reçu le mot de Cléopâtre qui confirmait sa présence à la réunion. La souveraine avait été mise au courant par un de ses espions personnels. César avait humé le parfum déposé sur le papyrus de la souveraine. Il avait fait appel à ses hommes de confiance pour se renseigner sur cette pharaonne. Tous étaient unanimes : elle avait un charme indéniable et une intelligence spectaculaire. De descendance grecque, elle avait appris la langue égyptienne et parlait six autres langues couramment. C'était une jeune fille ambitieuse qui, sur ce point, ressemblait au Romain. Il avait eu vent des complots qui se tramaient contre elle. Aussi fit-il poster des légionnaires, afin d'assurer à la belle une protection. Il rêvassa... À quoi pouvait-elle bien ressembler?

Achillas avait envoyé des espions un peu partout, pour qu'une fois la frontière du pays passée, Cléopâtre fût immédiatement supprimée. Il rassura le souverain.

— Vous garderez le plein pouvoir. Rome accepte que vous continuiez de vous occuper de l'Égypte même si celle-ci est conquise.

— Mais ma sœur fera tout pour revenir.

— Je m'en charge! Dès qu'elle mettra un pied sur le territoire égyptien, clac! Elle sera prise au piège.

— Au fait, j'ai bien aimé votre mage. Pouvez-vous planifier une autre rencontre avec lui? Je veux savoir si ma sœur reviendra.

— Oui, Votre Majesté. Je le ferai venir. Mais pour l'instant, vous devriez aller vous reposer. La rencontre est prévue demain et franchement, si la souveraine n'a pas encore passé la frontière, elle ne la passera jamais.

— Vous avez raison, Achillas. Occupez-vous de mes obligations à ma place!

— Avec plaisir, Votre Grandeur!

Ce soir-là, Jules César, en réunion avec ses généraux, fut interrompu par un légionnaire.

— J'avais donné l'ordre de ne pas être dérangé, s'écria César à la vue du garde.

— Ave, César, dit le soldat. Je sais et m'en excuse, mais l'homme qui demande à te voir dit que c'est de la part de Cléopâtre.

— Cléopâtre !

Un sourire se dessina sur le visage du Romain.

— Bon ! Fais-le entrer, alors !

L'homme qui entra ne ressemblait pas du tout à un messager. Tout au plus avait-il l'air d'un marchand égyptien. Quand Jules le vit, il fit la moue en disant :

— Reconduisez cet homme, je le verrai plus tard, il ne m'a pas l'air d'un messager.

L'homme tenu par le garde s'écria :

— César ! Vous devez me croire, j'ai un présent à vous offrir de la part de la souveraine Cléopâtre. Je suis son fidèle serviteur.

— Ah oui ? se moqua l'empereur romain. Et que veut-elle m'offrir ?

— Une natte, Votre Excellence, une merveilleuse natte tissée de fils d'or. Cette natte est de l'autre côté.

— Laisse-la-moi et va-t-en !

— Ce serait avec plaisir, mais je ne veux pas désobéir à ma souveraine. Elle veut que je la déroule à vos pieds.

— Puisque je te dis que je la déroulerai demain.

— La souveraine insiste, Excellence, et quand Cléopâtre veut quelque chose...

— Soit ! Qu'on m'apporte cette natte, pour que je puisse continuer à travailler.

Le marchand alla dans l'autre pièce et se saisit du tapis, qu'il déposa sur son épaule. Puis, il revint auprès de César.

— Ma souveraine Cléopâtre a une autre exigence.

— Eh bien, cette souveraine est bien déterminée !

— Oh ! Beaucoup plus qu'on pourrait l'imaginer !

— Que veut-elle de plus ?

— Elle veut que je la déroule devant vous sans qu'il y ait de témoins.

Les gardes s'opposèrent à cette exigence, pensant qu'il s'agissait d'une menace de mort et qu'il devait y avoir une arme dans ce tapis. Aussi refusèrent-ils de prime abord de partir. Mais César, qui était un homme courageux, les convainquit de sortir.

— Je suis certainement capable de me défendre contre ce marchand, alors sortez !

Les gardes et les généraux qui se trouvaient dans la pièce sortirent à contrecœur.

— Merci ! dit le marchand. Maintenant que nous sommes seuls, laissez-moi vous dérouler cette merveille.

César, la main sur son épée, resta prudent. Quand l'opération arriva à son terme, il resta cependant saisi par ce qu'il vit.

Étienne ouvrit les yeux et s'aperçut que les deux filles le regardaient étrangement.

— Étienne ! Ne panique pas ! lança Asclé.

— Non, non, ça va. Ce n'est pas la première fois que je me retrouve dans un autre temps avec toi, tu sais. Je suis juste complètement sonné d'apprendre que j'ai pu être Jules César.

— Oui, ça, je sais. Mais c'est plutôt...

Étienne fixa Marianne qui, elle, fixait de toute évidence ses pieds. Il baissa les yeux sur ses chaussures. Il portait des sandales romaines ! Son regard remonta aussitôt le long de ses cuisses et s'arrêta... sur une tunique ! Il sursauta.

— Non ! Ce n'est pas possible ! Quelle humiliation ! Je ne peux pas ! Non ! Ça ne se peut pas ! Au secours ! Au secours ! À moi ! Je suis en jupe !

Je meurs! Non, cachez-moi, les filles! Voyons! Je ne peux pas être dehors comme ça. AHHHHHHHHH! Ce n'est pas possible!

Étienne tournait sur lui-même dans un état de folie grandissante.

— Mes jeans? Où sont passés mes jeans! Au secours! On m'a changé en fille!

Il tirait sur sa tunique pour tenter de se couvrir les cuisses.

— Je suis ridicule! Ridicule! Non! AHHHHH!

Marianne lui flanqua une gifle en criant:

— Calme-toi, Étienne!

Il se figea immédiatement.

— Aïe! Pourquoi t'as fait ça? demanda-t-il en arrêtant de tourner en rond.

— Tu ne t'es pas vu! Si tu ne voulais pas te faire interner, il fallait faire quelque chose.

— On prend un taxi et on file chez Marie-Rose? suggéra Asclé.

— Oh non! Quelle honte! Il faut absolument que je me trouve des pantalons, Asclé.

— Je ne veux pas paraître pessimiste, mais je crois que tu ne pourras pas en mettre. Les sandales et la tunique ont l'air d'être soudées à ton corps, comme les boucles d'oreilles au mien.

— Quoi?

Sous le coup de l'émotion, Étienne ne s'était pas aperçu de ce détail, mais son amoureuse avait horriblement raison.

— Respire, Étienne, lui suggéra Asclé. C'est toi qui m'as dit que ce n'était pas si grave que ça, tantôt.

— Alors, je retire immédiatement mes paroles ! C'est horriblement humiliant !

Marianne héla un taxi, qui s'arrêta presque aussitôt. Le chauffeur, sourire aux lèvres, leur demanda où ils allaient.

— On va à un bal masqué ? dit-il en se moquant. Y faut y mettre le paquet quand on se déguise de cette manière-là, à moitié transformé. Vous avez l'air de fous.

— Merci du compliment ! lança Asclé, qui se dépêcha de monter à l'arrière du véhicule.

— Non, mais c'est drôle. Vous faites du théâtre ?

— Vous avez deviné, bravo ! On n'aimerait pas être en retard à la représentation. Alors, s'il vous plaît…, supplia Marianne.

— Oh ! Oui, bien sûr ! Et c'est un départ !

Le taxi démarra et emprunta une rue à sens unique à l'envers. Les trois compagnons crièrent en même temps : « OHHHHHHHHHHHH !

HIIIIIIIIIIIIIIII! AHHHHHHHHHHH!» Le chauffeur rigola.

— Un petit sens unique à l'envers, ça nous fait économiser un temps fou. Remarquez, ce n'est pas moi qui paye, mais…

— Il n'est pas nécessaire de risquer nos vies, on a de l'argent et on ne tient absolument pas à se ramasser à l'hôpital, insista Étienne.

— Remarquez que votre jupe est juste un peu plus courte que les jaquettes qu'ils nous passent.

Le chauffeur lui fit un clin d'œil dans son miroir.

— Ça va! Et ce n'est pas une jupe, c'est une tunique.

— Oh oui! Mais c'est pareil, hein?

— Je vis un véritable cauchemar, Asclé, murmura Étienne à son oreille.

— On est tous les trois en plein cauchemar, mon amour.

— Oui, mais toi en Cléopâtre, ce n'est pas comme moi en…

— En jupe! le nargua le chauffeur.

— En Romain, je voulais dire! En Romain!

— Oh, c'est bien joli, l'Italie! Vous y êtes déjà allés?

— Oui, répondit Marianne.

Elle pointa une maison.

— Arrêtez! C'est là!

Étienne voulut payer, mais n'ayant plus ses jeans, il n'avait plus son porte-monnaie non plus.

— Je vais m'évanouir, se lamenta-t-il.

— Laisse, déclara Marianne. Je vais payer.

Les trois amis allèrent sonner à la porte de Marie-Rose. La vieille dame vint leur ouvrir, mais resta tellement saisie qu'elle les laissa sur le balcon jusqu'à ce qu'Étienne intervînt.

— Marie-Rose, ça vous dérangerait beaucoup si on allait à l'intérieur pendant que vous simulez un état de choc?

Étienne contourna Marie-Rose, qui, la bouche ouverte, ne bougeait toujours pas. Toutefois, quand Asclé déposa un baiser sur sa joue, elle se ressaisit.

— Mon doux seigneur! Que vous arrive-t-il?

Elle referma la porte et les accompagna au salon.

— Voulez-vous vous asseoir?

Étienne se laissa choir sur le divan, mais se releva instantanément, comme piqué par une abeille lorsqu'il réalisa qu'il était en tunique et qu'il ne portait rien en dessous.

— Désolée d'avoir réagi aussi bêtement, se reprocha Marie-Rose.

— Mais non, c'est assez impressionnant, il faut l'admettre, l'appuya Marianne.

La vieille dame soupira en écoutant les trois jeunes lui raconter leur aventure. Elle secouait la tête de gauche à droite, en répétant : « Ce n'est pas possible... Ce n'est pas possible... »

— Qu'est-ce qui n'est pas possible ? demanda Asclé.

— Je crois, dit-elle, que je sais ce qui se passe, mais vous n'aimerez pas ça.

— Il faut qu'on le sache, répliqua la jeune fille. Que se passe-t-il ?

— Eh bien, on vous force à vous transformer.

— Oui, ça, on l'avait remarqué, lâcha Étienne.

— Qui fait ça et pourquoi ? Et comment faire pour redevenir normaux ? demanda Asclé. Voilà la question !

— Sans en être totalement persuadée, je dirais que, malheureusement, on vous a jeté un mauvais sort.

Étienne se mit à rigoler.

— Non, mais franchement ! Vous voulez dire... genre Harry Potter ?

— Non, je ne rigole pas.

— Je ne crois pas à la magie, répliqua Étienne.

— Je parle de magie noire, jeune homme, et si cette magie est si puissante, c'est qu'il y a trop de gens comme toi qui n'y croient pas. Alors ses adeptes peuvent continuer à la pratiquer sans soucis. Prenons un autre exemple. Si vous ne croyez pas que votre chien a des puces parce que vous ne les avez jamais vues, eh bien, vous ne ferez rien et les puces n'en seront que ravies, jusqu'au jour où vous perdrez le contrôle.

— Mais quand un chien a des puces, il y a un signe, il se gratte.

— Et vous, les regarda la vieille dame, vos bijoux et vos déguisements soudés à votre chair, ce n'est pas un signe, ça ? Non, je vous le dis, vous faites probablement les frais d'un sorcier malveillant qui vous en veut. Il vous en veut tellement qu'il est prêt à revivre une ancienne vie pour se venger.

— Mais qui est-il ? demanda Marianne.

— À mon avis, vous le saurez bien assez vite. Comment tout ça a-t-il commencé ?

Asclé se sentait gênée de devoir parler des boucles d'oreilles, car elle avait menti à Étienne.

— J'ai reçu des boucles d'oreilles, commença-t-elle.

— Oui, mais comment veux-tu que ta mère t'achète des boucles d'oreilles qui aient un rapport avec cette histoire de sorcellerie? intervint Étienne.

— Parce que ce n'est pas elle qui me les a offertes... J'ai reçu ce cadeau anonymement, mais je pensais que c'était peut-être toi qui voulais me faire une surprise.

Étienne se renfrogna.

— Tu m'as menti, Asclé. Pourquoi ne me l'as-tu pas demandé?

— Je... je ne le sais pas.

— Vous réglerez ça un autre jour, trancha Marie-Rose. Alors, ce seraient donc les boucles d'oreilles. Mais ce qui me fait penser qu'il s'agit de magie noire, ce sont surtout les symboles dont tu m'as parlé, Asclé, et qui sont marqués sur tes doigts depuis ce rêve. Il ne faut pas sous-estimer le pouvoir d'une personne qui réussit à se faufiler dans vos rêves.

— Je vais aller lui casser la figure, dites-moi seulement de qui il s'agit, s'indigna Étienne.

— Le problème, c'est que cette personne, quiconque soit-elle, n'agit pas seule.

— Les autres ne me font pas peur, ajouta Étienne.

— Et pourtant, reprit Marie-Rose, on parle ici de démons. Les créatures malveillantes n'ont rien à perdre, vous savez.

— Des démons ! prononça Marianne en frissonnant. C'est dégoûtant et terriblement effrayant !

— Il faut savoir quels démons agissent en son nom et quels sorts il vous a jetés. Les démons sont structurés hiérarchiquement, et si vous pensez que votre aventure au château Mendoza[12] était effrayante, eh bien, je vous annonce que c'était du Walt Disney pour enfant comparé à ce qui vous attend.

— Une hiérarchie[13] ? Vous voulez dire comme dans l'armée ? la questionna Asclé.

— Oui, si on veut. En haut, vous avez Satan, le souverain, le maître incontesté du mal. Et sous lui, on retrouve 6 666 légions infernales à son service. On l'imagine avec des cornes et une queue fourchue, mais détrompez-vous, il peut être très bel homme.

---

[12] Référence au tome 2 d'Asclé, *La vengeance*.
[13] Organisation sociale dans laquelle chaque individu est supérieur ou inférieur à un autre.

Les trois amis se regardèrent. Marie-Rose, qui s'aperçut qu'elle venait de semer la confusion, clarifia son explication :

— Oui, je peux le dire par expérience. Il y a aussi Belzébuth, qui se trouve juste sous l'autorité de Satan. En fait, c'est le deuxième Prince des ténèbres. On raconte qu'il a déjà fait partie des anges, mais qu'il s'est rebellé contre Dieu. Il honore les créatures les plus sales et les plus viles. Et puis, il y a Léviathan, qui se nourrit des âmes, et Bélial, qui, lui, est un esprit maléfique crapuleux, tordu et prêt à tout pour le vice. Il peut avoir très belle allure lui aussi. Il ne faut pas penser que les démons sont tous laids et qu'ils font peur. On les représente de cette façon pour faire peur aux gens, mais eux le savent, car ce sont des créatures des plus intelligentes. La plupart servaient le bien avant de tomber du côté du mal, et c'étaient des êtres très dégourdis. Pour vous faire succomber, ils seront prêts à prendre la forme qu'il faudra pour vous séduire.

— Vous ne trouvez pas que ça sent le réchauffé ? coupa Marianne.

La vieille dame secoua la tête.

— Ça provient de la cuisine.

Les jeunes l'accompagnèrent à la cuisine. Le feu avait pris dans le four.

— Oh, mon Dieu! lança Marie-Rose.

— Pas de panique! s'écria Asclé, en s'emparant de l'extincteur.

Elle ouvrit la porte du four et aspergea de poudre le début d'incendie. Une fois le feu maîtrisé, elle déclara:

— J'ai bien peur que votre souper soit bon à jeter à la poubelle.

La vieille secoua la tête.

— Impossible. Je n'avais rien au four, et il n'était pas allumé. Regardez! On vient seulement de nous donner un avertissement, genre «ça va chauffer». Vous voyez? Ils ne rigolent jamais et ils sont dangereux.

La petite voix à l'intérieur d'Asclé répéta alors: «Ça va chauffer, Asclé!»

— Il me semble voir un papier, lâcha la jeune fille en regardant à l'intérieur.

— Impossible, il y avait du feu, Asclé, la contredit Étienne.

Elle ramassa le bout de papier. Le message, intact et écrit en rouge, disait: «L'enfer vous ouvre ses portes!»

— Moi, je trouve qu'ils ont le sens de l'humour, rectifia Étienne.

Les trois compagnons eurent quand même la chair de poule. Ils allaient être obligés d'affronter des démons.

— Il n'y a qu'une chose à faire, poursuivit Marie-Rose.

— Laquelle ? demanda Asclé en ravalant sa salive.

— Il n'y a que des sorciers qui puissent venir à bout d'autres sorciers.

Asclé plissa les yeux.

— Quoi ? Mais, et les démons ?

— Vous, vous aurez les anges de votre côté, ou encore certains dieux ou déesses. Avant, on appelait tous les démons des anges. En fait, ce sont des anges rebelles, ni plus ni moins.

— Ouf !

— Le sorcier dont on ne connaît pas encore l'identité cherchera à vous transformer et vous poussera dans votre ancienne vie, sans que vous n'ayez plus aucun moyen de redevenir comme avant. La seule et unique façon d'essayer de le combattre est de recevoir, tous les trois, le sortilège de dévouement de magie blanche. C'est le seul moyen possible pour vous de vous en sortir... s'il n'est pas déjà trop tard.

— Mais notre collier maya ? demanda Marianne.

— Vos colliers, mes amis, ne vous appartiennent plus. Regardez-les de plus près. Les créatures des ténèbres sont extrêmement puissantes. Elles se sont emparées d'eux sans aucune difficulté.

La petite voix à l'intérieur d'Asclé souffla : « Je suis désolée pour le collier ! »

Dans de la pierre de chaque miroir magique maya brillait un crâne. À la vue de son pendentif, Marianne s'évanouit.

6

SATAN

Afin qu'Adam goûtât le fiel avant le miel,
Et le baiser du gouffre avant celui du ciel...
Isis Lilith était voilée.
Les corbeaux l'entouraient de leur fauve volé;
Les hommes la nommaient Sort, Fortune, Ananké;
Son temple était muré, son prêtre était masqué;
Elle buvait du sang dans le bois solitaire;
Elle avait des autels effrayants. Et la terre
subissait cette abjecte et double obscurité:
En bas Idolâtrie, en haut Fatalité.
Victor Hugo, *La fin de Satan,* 1886

Il admira la photographie de Marianne et alla même jusqu'à déposer un baiser sur ses lèvres. Dommage qu'elle fît partie de ce groupe maudit! Il lui réservait un sort bien particulier. Il en avait préparé tous les ingrédients et avait attendu le vendredi, nuit de lune croissante, pour réaliser cette invocation. Il alluma la bougie et l'entoura de pétales de rose. Puis, à l'aide d'une aiguille chauffée, il se piqua le doigt et le pressa pour en faire sortir une goutte de sang, qu'il laissa tomber sur la photographie. Puis, il récita:

« Que ton cœur me soit à tout jamais offert, que mon absence te soit pénible, que ma présence te remplisse de joie, que ta vie soit fusionnée à la mienne. Ô Démon Bélial, je t'offre mon âme en échange de son amour. »

Il saisit la photographie et la mit au-dessus de la chandelle. Le feu commença à ronger le papier et à modifier l'apparence de l'image, jusqu'à ce qu'il n'en reste que des cendres. Il les récupéra ensuite et les mit dans une coupe en argent, qu'il mélangea avec un peu de vin. Puis, il avala d'un seul trait le liquide.

« Faites que ce sort soit effectif à l'instant même où elle croisera mon regard. Ainsi soit-il! »

Une fois la chandelle consumée en entier, il se leva et s'habilla. Il devait aller prendre l'air.

Dehors, le vent s'était levé, et des nuages voilaient la lune. Il marcha d'un pas rapide dans les rues désertes. La capuche de son manteau rabattue sur la tête, il fut alors transporté dans son ancienne vie.

Achillas s'était rendu dans la demeure du mage, pour lui demander de venir au palais pour une autre séance de magie avec le pharaon. La maison, située en retrait du village, avait un aspect lugubre. Arrivé sur place, il frappa à la porte.

Une faible lueur provenant d'une chandelle perçait à travers la fenêtre sale de la maison. Achillas n'entendit aucun bruit, et pourtant la porte s'ouvrit. Il pénétra dans la maison avec prudence. Et sursauta lorsqu'une voix l'invita à avancer. Le mage était assis dans une chaise berçante et se tenait au fond de la pièce. Il déposa son grimoire.

— Achillas, mon cher, comment puis-je vous aider ?

— Cher mage, le pharaon a bien aimé votre première visite, il demande à vous revoir.

— Ce serait avec plaisir, mais je suis bien occupé ces temps-ci. Je ne sais pas si je trouverai le temps.

— Vous serez très bien payé.

Achillas sortit une petite bourse pleine de pièces d'or. Le mage s'en empara.

— J'aurai finalement peut-être un peu de temps demain.

— Demain ?

— Est-ce que cela pose un problème ?

— Non, ça ne le devrait pas. Vous n'êtes pas sans savoir que César a convoqué le pharaon et Cléopâtre à une réunion demain, mais...

— Mais ?

— *Je ne pense pas que Cléopâtre sera présente, je n'ai pas eu vent qu'elle ait repassé la frontière. Votre visite pourrait peut-être plaire à César aussi, en fait, réfléchit Achillas à voix haute.*

— *Jules César est donc déjà arrivé dans le palais. Alors, assois-toi! ordonna le mage.*

Achillas, impressionné, s'assit sur le bout des fesses. Le mage sortit un sac de pierres, les brassa et les vida sur une assiette.

— *Mmmmm, fit le sorcier. Tu dis que la pharaonne n'a pas passé la frontière, et pourtant, je vois le contraire. Regarde cette pierre, elle est collée sur l'autre, et elles sont appuyées au bord de l'assiette. Sais-tu ce que cela signifie?*

— *Non, je n'en ai pas la moindre idée.*

— *Eh bien, sache que cela signifie que non seulement la souveraine a passé la frontière, mais qu'elle est en ce moment même dans son palais.*

— *Impossible! s'écria Achillas en se levant. Mes espions l'auraient su, ils m'auraient averti. C'est une trahison!*

— *Calme-toi! Si tu le veux et en échange de quelques pièces d'or supplémentaires, je peux jeter un autre sort à cette pharaonne.*

— D'autres pièces d'or ? Mais tu en as déjà beaucoup.

— Tout s'achète, mon bon ami, tout s'achète !

Le serviteur du pharaon sortit de son autre poche une plus petite bourse. Il l'ouvrit et lança quelques piécettes au sorcier.

— Peux-tu faire quelque chose pour ce montant ?

Le mage sourit.

— Je peux toujours m'arranger.

Quand il revint à lui, il était étendu sur le dos entre deux sacs-poubelle dans une ruelle sombre. Il s'assit, se leva, puis sursauta quand une créature lui bloqua le passage.

7

LE COURAGE

Le courage, le vrai, ça n'est pas d'attendre
avec calme l'événement ; c'est de courir au-devant,
pour le connaître le plus tôt possible et l'accepter.
Roger Martin du Gard, *Les Thibault*

Marie-Rose avait suggéré de mettre des linges mouillés sur le front de Marianne, pour que celle-ci revienne à elle plus vite. Quand la jeune fille ouvrit les yeux, tous furent soulagés.

— J'ai fait un cauchemar. J'ai rêvé que des créatures maléfiques s'étaient emparées de nos colliers magiques mayas.

Pendant l'évanouissement de leur amie, Marie-Rose leur avait conseillé de retirer leur miroir magique. Ils ne pouvaient rien faire de plus pour l'instant.

— Princesse, ce n'était pas un rêve !

Marianne s'aperçut qu'elle ne portait plus son pendentif.

— Où sont-ils ?

— On les a mis en sécurité, ne t'inquiète pas, la rassura Marie-Rose. J'aimerais bien que notre chère Doña Paz vienne et nous donne un coup de main. Saviez-vous que c'était une sorcière ?

— Euh! Non, répondit Asclé.

— Ça explique beaucoup de choses, ajouta Marianne.

— Bref! On a besoin de toi! s'écria Marie-Rose dans le vide.

Étienne, toujours un peu sceptique, haussa les sourcils.

— Non, mais... dites-moi, y a personne ici qui utilise Internet ou le téléphone? Vous savez, ces petits appareils...

Il sursauta quand une voix derrière lui dit:

— *No necesitamos de todo eso*[14]!

— Doña Paz! s'écria Asclé, qui alla l'embrasser.

Elle salua ensuite chacun et taquina Étienne au sujet de son habillement.

— Tou portés très bienne la jupé!

— Ça va, n'en rajoutez pas!

— Vous êtes là pour de vrai? demanda Marianne.

— Né mé pincé pas, mais oui!

— Comment êtes-vous arrivée ici? la questionna Étienne, en faisant la moue.

— En avionne, jeune homme!

Et elle se mit à rigoler.

— Et là, d'où sortez-vous?

---

[14] Nous n'avons pas besoin de tout ça!

— Dé la chambré d'amie dé Marie-Rose. Jé faisais oune peu dé lecturé.

— Vous êtes très drôle, Marie-Rose, lui dit Étienne. Vous faites semblant de l'appeler et…

— Je ne fais pas semblant de l'appeler. Elle est un peu sourde, donc il faut bien que je parle fort. Elle est arrivée il y a deux jours. Elle voulait vous faire une surprise.

Asclé et Marianne souriaient. Elles se sentaient plus en confiance quand leur amie mexicaine était avec eux.

— *Bueno*[15] *!* Si oune allait s'asseoiré à la tablé pour voir cé qué l'oune peut fairé avec votré nouvellé soupère dramatiqué aventuré.

Une fois installée à table, Marie-Rose servit des rafraîchissements à tout le monde. Elle alla aussi chercher dans sa bibliothèque quelques livres qui les aideraient sûrement à comprendre ce qui se passait : *Traité de sorcellerie, Créatures maléfiques et autres démons, Sorts et contre-sorts,* et enfin *Cléopâtre, vie et mort d'un pharaon.* Doña Paz prit la parole.

— Jé pensé qué cette aventuré, contrairement aux autres, est la plous dangéreusé,

---

[15] Bon !

por que, primero[16], vous n'aurez aucune protectionne. Et *segundo*[17], vous jouez avec des démons.

— «Jouer» est un terme inapproprié, lança Étienne.

— Tou verras, jeuné hommé, qu'ils adorent jouer et qu'il vout mieux bienne savoiré les règlés dou jeu, puisqué soune bouté est dé fairé mouriré son adversairé.

— C'est ce que je disais, répéta Étienne. Je déteste jouer.

— *Bueno*, jé souis d'accord avec Marie-Rose. Vous dévez êtré à leur hauteuré, et pour céla, vous dévrez outiliser les mêmes moyens, c'est-à-dire maîtriser les sorts.

— Mais qui est ce sorcier et que nous veut-il? demanda Marianne.

— Nous ne sommes pas certains dé qui il ou elle est, mais cé dont jé souis soure, c'est qué cé qu'il souhaité, c'est sé venger. Vous savez, ceux qui font appelé à la magie noiré, cé sont ceux qui veulent fairé dou mal. Et ceux qui veulent fairé dou mal sont souvent ceux qui ont mal ou qui ont souffert. Donc, ils veulent sé venger.

---

[16] Parce que, premièrement.
[17] Deuxièmement.

— Belle philosophie, répliqua Étienne.

— Vous allez d'abord, avec mon aidé, rétourner dans vos anciennés vies. Jé sérai peut-être capablé de découvrir qui vous en veut.

— Mais vous venez de dire que cela peut être très dangereux.

— Oui, mais vous n'avez pas le choix. Ou vous tentez quelqué chosé, ou vous vous laissez mouriré. Il y a oune phrase qui dit : « La seule façonne d'échouer, c'est d'arrêter avant d'avoiré réussi. » Si c'est céla qué vous désirez…

— Non, bien sûr que non, mais…

— *Bueno*, alors il faut y aller. Natourellément, vous réviendrez encoré oune peu plus transformé, mais si vous révénez, ce sera déjà ça dé gagné.

— Vous voulez dire qu'il y a des chances qu'on ne revienne pas ?

— Jé n'appellerais pas ça oune chancé, jé dirais plous qu'il y a beaucoup dé risqués qué vous restiez là-bas, puisque c'est cé qué veut celui qui vous jetté des sorts.

— Fantastique ! s'écria Étienne sarcastiquement.

— Il n'y a plous dé temps à perdré. Fermez vos yeux !

Les trois compagnons, ainsi que Marie-Rose, fermèrent les yeux. Asclé chercha la main d'Étienne et la serra fort dans la sienne. Marianne eut une pensée pour Rémi, qui lui manquait beaucoup. Elle fit le vœu de revenir, car elle ne voulait pas rester coincée là-bas. Doña Paz se concentra et les entraîna, dans un tourbillon de lumière, dans leur vie antérieure.

César, stupéfait, se mit à rire de bon cœur. Devant lui, sur la natte qu'elle avait fait porter, était étendue la souveraine Cléopâtre. Il lui tendit la main pour l'aider à se relever. Il n'en revenait pas de son audace et de sa détermination. Cette femme était à la hauteur des informations qui circulaient à son sujet. Une fois debout, Cléopâtre le salua comme on salue le vainqueur. Jules lui saisit la main et la lui baisa.

— Vous voyagez d'une curieuse manière, finit-il par dire.

— C'était la seule façon de me rendre vivante jusqu'ici. Vous n'êtes pas sans savoir que mon frère veut ma mort.

— J'ai ouï dire cela, en effet, mais vous êtes de toute évidence beaucoup plus maline que lui.

La pharaonne sourit en entendant ce compliment. Elle remercia son serviteur et lui signifia son congé. Aussitôt ce dernier sorti, les gardes de l'empereur entrèrent à toute vitesse dans la salle. Ils s'arrêtèrent subitement quand ils virent la souveraine. César leur fit signe de les laisser. Cléopâtre reprit la parole.

— Vous vouliez nous rencontrer ? demanda-t-elle.

— Allons nous asseoir. Désirez-vous boire quelque chose ?

— Avec plaisir.

César lui servit une coupe de vin en l'observant. Cette jeune fille avait un charme incroyable. Il l'invita à cogner sa coupe contre la sienne et but en même temps qu'elle.

— Oui, en effet, continua César. Même si après cette victoire, l'Égypte m'appartient, je ne veux pas gouverner votre pays. Je m'arrangerai pour que le testament de votre père soit effectif et que vous gouverniez avec votre frère Ptolémée.

— Ce serait naïf de penser que mon frère acceptera, dit-elle en détachant un raisin d'une grappe et en le croquant doucement.

La tête commençait à lui tourner.

— Je ne suis pas naïf. Je ne lui donnerai pas le choix, je l'obligerai.

— Je ne vous connais pas beaucoup, mais je vous aime bien. Vous m'avez fait espionner, n'est-ce pas ?

César sourit. Décidément, cette fille était aussi brillante que charmante.

— C'était pour votre bien, mentit l'empereur.

— Et si je vous disais, moi, que c'était pour votre propre compte ?

En disant ces mots, Cléopâtre se leva et alla s'asseoir à côté de lui. Elle prit un autre raisin et le porta à la bouche de Jules. Il l'ouvrit et croqua le fruit. Ils rigolèrent comme des enfants.

— Vous devez être très fatiguée, n'est-ce pas ?

— En effet !

— Je vous prête mes appartements, je crois que vous y serez plus en sécurité.

Elle lui caressa les cheveux. Il se laissa faire.

— Croyez-vous ? l'interrogea-t-elle, câline.

— Je vous en fais la promesse. Rien ne vous arrivera.

Comme elle le regardait de ses magnifiques yeux bruns, il réfléchit : « À quoi pense-t-elle ? »

Pendant ce temps, dans une autre partie du palais royal, le jeune pharaon piquait une crise de colère. Achillas, son serviteur, tentait de le calmer. Mais le jeune souverain lançait tout ce qui se trouvait à sa portée.

— Je la déteste ! Comment a-t-elle réussi ? Bande d'incapables ! Tu m'avais pourtant promis, Achillas, qu'elle ne reviendrait pas ! J'ai bien l'intention de demander ta mise à mort.

— Votre Majesté, je vous en prie, écoutez-moi ! Je suis allé voir le mage et...

— Tu aurais mieux fait de t'occuper de tes espions, plutôt que d'aller voir un vieux fou.

— Calmez-vous ! Il va tout arranger.

— Mais oui, c'est ce que tu crois. Eh bien moi, je ne te crois plus, tu as tout fait rater ! Tu comprends ? Tu es un incapable !

Ptolémée s'approcha de son serviteur, une dague à la main. Celui-ci se mit à genoux et implora :

— Pardonnez-moi ! Pardonnez-moi !

Le pharaon appuya le couteau sur la gorge d'Achillas, qui peina à respirer.

— Je te préviens ! Je n'ai plus de patience, et si ma sœur est encore en vie après-demain...

Il appuya un peu plus fortement l'arme sur la peau.

— J'ordonnerai ta mise à mort. M'as-tu bien compris ?

— Oui, Excellence. Pouvez-vous retirer votre lame à présent ?

Ptolémée retira le couteau et alla fièrement s'asseoir sur la chaise près de son bureau. Le vieux Achillas se releva lentement et demanda :

— Puis-je continuer à vous raconter ma rencontre avec le mage ?

Le jeune pharaon soupira et ajouta :

— Mais oui...

Cette discussion réussit à calmer le jeune pharaon, mais la partie était loin d'être jouée. Il attendrait jusqu'au lendemain.

Dans sa maison, le mage se préparait à l'invocation d'un sort particulier. Des créatures venues de la nuit entraient chez lui. Bientôt, tout le salon revêtit une allure terrifiante. L'une des créatures, la plus laide, s'approcha du mage et lui glissa à l'oreille, de son souffle perfide :

— Es-tu des nôtres ?

Le mage réfléchit aux avantages et aux pouvoirs que lui procurerait son adhésion aux forces du mal. Il sourit.

— Oui ! Je le veux.

Dès qu'il eut accepté, les créatures s'emparèrent de son corps. Elles y entrèrent et en sortirent à leur guise, et le firent bouger comme une marionnette. Le mage n'avait plus aucun contrôle dessus. Désormais, il appartenait intégralement aux démons. L'un d'eux sortit par son œil et lui déchira une partie de la joue.

— Bienvenue parmi nous ! rigolèrent les anges déchus.

8

SOUS LE CHARME

C'est l'incertitude qui nous charme.
Tout devient merveilleux dans la brume.
Oscar Wilde, *Le portrait de Dorian Gray*

Marianne fut la première à revenir à elle. Les autres avaient l'air de dormir. Curieuse, elle avait envie d'explorer l'appartement de Marie-Rose. Elle s'était levée et marchait un peu pour se dégourdir les jambes quand la cloche de l'entrée sonna. Le bruit n'avait pas perturbé les autres. Marianne décida d'aller répondre. Elle traversa le couloir et se rendit jusqu'à la porte d'entrée, se regarda dans le miroir attenant avant d'ouvrir et n'aima pas le reflet qu'elle y vit. Elle trouvait que son teint était voilé. Elle déverrouilla quand même la porte.

— Oui, je peux vous aider? demanda-t-elle.

Un très beau jeune homme vêtu de noir se tenait devant elle, une lettre à la main. Dès que le regard de Marianne croisa le sien, elle en devint follement amoureuse. Jamais elle n'avait vu quelqu'un d'aussi charmant. Quelle beauté! Ses yeux bruns avaient quelque chose d'ensorcelant, c'en était presque douloureux.

— J'ai une lettre pour une certaine Marie-Rose, dit l'inconnu de sa voix mielleuse.

— Oh! Oui...

— Est-ce qu'elle est là? demanda-t-il.

— Euh... oui. Elle est là.

— Alors, je peux la voir?

— Euh! Je crois... mais elle n'est pas disponible.

Marianne n'arrivait pas à détacher son regard des yeux du jeune homme.

— Est-ce que je pourrais entrer? poursuivit-il.

— Oui, oui, pas de problème, s'entendit dire Marianne.

La jeune fille le fit entrer. Il lui sourit et elle sentit son cœur chavirer. Quelle tendresse exhalait de lui! Elle se sentait fondre comme neige au soleil. Y avait-il, sur toute la Terre, un plus beau garçon que lui? Elle soupira.

— Seriez-vous assez gentille pour aller voir si elle peut me recevoir? demanda l'étranger.

— Oui... enfin oui, je crois que je vais y aller.

Marianne ne s'était jamais sentie aussi bien. Elle avait littéralement l'impression de voler. Ne pouvant quitter l'inconnu du regard, elle marcha à reculons et faillit trébucher sur la petite table d'appoint. Elle se reprit et se rendit à la cuisine. Marie-Rose, Doña Paz et ses compagnons ne s'étaient pas encore réveillés. Ils n'étaient donc pas disponibles.

Elle revint rapidement dans le couloir.

— Je suis désolée, elle n'est pas disponible.

— Ça ne fait rien ! Vous pourrez lui remettre cette lettre pour moi.

Il lui donna l'enveloppe en lui faisant un clin d'œil. Elle manqua de s'effondrer lorsque sa main toucha la sienne.

— J'ai été ravi de vous rencontrer… mademoiselle ?

— Marianne, je m'appelle Marianne.

— Quel joli prénom, la complimenta-t-il.

Il lui prit la main et la lui baisa. Une chaleur envahit la jeune fille, qui faillit s'évanouir. Le regard enjôleur du bel inconnu la tenait en laisse, elle ne pouvait maintenant plus lui échapper. Il fit semblant de quitter la maison. Il pourrait ainsi savoir si le sort avait réellement agi.

— Où allez-vous ? demanda Marianne, paniquée.

Il lui sourit.

— Je pensais rentrer chez moi. À moins que vous ayez d'autres projets pour moi.

— Je ne veux pas vous quitter, je…

— Je suis votre serviteur, Mademoiselle.

La jeune fille s'approcha et lui proposa de
sortir.

— On pourrait aller se promener?

— Oui, bien sûr, je n'y vois aucun inconvénient.

Marianne suivit l'étranger dehors. Le ciel
s'était obscurci et le vent s'était levé. Un orage
se préparait.

— Je crois qu'il ne tardera pas à pleuvoir,
dit le jeune homme. Voulez-vous venir chez
moi?

Marianne, complètement ensorcelée, le
suivit avec plaisir et sans crainte du danger
qu'elle courait. Après plus d'une heure de
marche, ils entrèrent dans l'antre du sorcier.

9
LA GRANDE BÊTE

Les anges ont aussi leurs diables,
et les diables leurs anges.
Stanislaw Jerzy Lec,
extrait des *Nouvelles pensées échevelées*

Ce qui réveilla Asclé fut la brûlure au bout de ses doigts. Les symboles étaient réapparus. Tranquillement, elle se leva. Marianne n'était plus à table. Elle décida donc d'aller au salon pour voir son amie, mais ne l'y trouva pas. Elle alla ensuite vers la salle de bain et frappa à la porte.

— Marianne! Marianne!

La voix intérieure qui la harcelait lui répondit: « Elle n'est plus ici. »

La porte était déverrouillée. Elle décida donc d'entrer, mais son amie n'était pas là non plus. Elle courut jusqu'à l'entrée. Les souliers de son amie n'étaient plus là! Marianne était sortie sans laisser un seul petit mot, cela ne lui ressemblait pas. Un sentiment d'inquiétude envahit Asclé. Elle retourna à la cuisine, où les autres commençaient à s'éveiller.

— Étienne! Étienne!

— Heu! Hein? dit-il en ouvrant péniblement les yeux.

— Marianne a disparu!

— Quoi?

— Marianne, elle n'est plus là!

— Elle a peut-être décidé d'aller marcher.

— Pourquoi aurait-elle voulu aller marcher?

— Je ne sais pas, moi! lança Étienne, encore un peu amoché.

— Curieux, en effet, lâcha Marie-Rose.

— Jé sens commé oune mauvaisé présencé, commenta Doña Paz.

— Tu vois! lança Asclé à Étienne.

Doña Paz et Marie-Rose se dirigèrent vers l'entrée.

— Je n'aime pas ce que je ressens, marmonna Marie-Rose.

— Et jé réssens la mêmé chosé. Elle est vénoue!

Marie-Rose s'empara d'une lettre qui se trouvait par terre et la décacheta. La lettre ne contenait que trois chiffres, 666, écrits en rouge.

— Qui? Quoi? demanda Étienne.

— La Bête…

— La Bête? répéta Asclé.

— Oui, la grande Bête sait qué vous êtés ici.

Étienne rigola un peu. Mais s'arrêta immédiatement quand la vieille Mexicaine le toisa avec sérieux.

— La Bête ? se reprit-il. La Belle et la Bête ?

— La grande Bête ! ajouta Marie-Rose en brandissant la lettre.

— Non, je ne la connais pas ! lança Étienne.

— Ça vous fait rigoler ? demanda Marie-Rose.

— Non, mentit Étienne, simplement… la grande Bêteeeeeeeeee ! Je ne sais pas, ça n'a pas vraiment l'air sérieux.

— Et pourtant, ajouta Doña Paz, tou né voudrais pas té rétrouver en facé d'ellé.

— Si vous m'expliquiez, peut-être que je pourrais comprendre !

— La Bible dit : « Et il lui fut donné d'animer l'image de la Bête, afin que l'image de la Bête parlât, et qu'elle fit que tous ceux qui n'adoreraient pas l'image de la Bête fussent chassés pour l'éternité. Et elle fit en sorte que tous reçussent une marque sur leur main droite ou sur leur front, et que personne ne pût vivre sans avoir la marque de la Bête, le nom de la Bête ou le nombre de son nom », cita Marie-Rose. Regardez vos mains !

Ils portaient effectivement tous d'étranges symboles, ϗϛ[18], au bout des doigts de leur main droite, exactement comme sur ceux d'Asclé.

— On a été marqués par la Bête ! déclara Marie-Rose.

— Et qu'est-ce que ça veut dire ? demanda anxieusement Asclé.

— Ça veut dire, mes amis, qu'elle viendra nous chercher ! expliqua Marie-Rose.

Doña Paz hocha positivement la tête.

— Il est trop tard pour récouler, dé toute façonne, Marianne est déjà entre ses griffés.

— Mais vous avez dit que nous pourrions la combattre ! lâcha Asclé.

— Oui, mais c'était avant dé savoiré ça. Mainténant, nous sommés pris au piège. Vous savez, quand nous nageones et que nous nous trouvons au milieu d'oune tourbillone dé rivière, la seulé et ouniqué façonne dé nous en sortir et dé sé laisser couler jusqu'au fond, pour pouvoiré avoir oune chancé dé s'échapper. Eh bien, imaginez mainténant qué nous sommés dans oune immensé tourbillone. Nous n'avons d'autré choix que dé nous laisser emmener, sinonne nous mourrons au bout dé nos forcés.

---

[18] Symboles de la Bête décrits dans la Bible.

— Teresa a raison. Il ne nous reste qu'à attendre qu'elle vienne nous chercher, ajouta Marie-Rose.

— Mais il faut se battre! cria Asclé.

— Bien sûr, bien sûr, on se battra. Mais on se battra pour rester en vie.

La petite voix intérieure d'Asclé répéta alors: «Bats-toi, Asclé! Bats-toi!»

10

L'ANTRE DU SORCIER

Ne soyez pas sorcier, mais si vous l'êtes,
faites votre métier.
Victor Hugo, *Les travailleurs de la mer*

Il la fit entrer dans sa demeure et referma la porte derrière eux. Enfin, il la tenait, il pourrait vivre sa vie avec elle. Et tant pis si elle ne le voulait pas volontairement, elle était sous l'effet d'un sort qui durerait plusieurs mois. Il aurait donc le temps de lui en jeter un autre si l'effet de celui-ci venait à s'estomper.

Il la pria de bien vouloir le suivre et l'emmena au sous-sol de sa maison. Marianne, complètement hypnotisée par le beau jeune homme, ne posa aucune question sur le hideux décor qui l'entourait. Elle ne voyait que lui, son prince charmant. Elle l'aurait suivi en enfer et, à vrai dire, elle n'était pas loin de la vérité lorsqu'elle eut cette pensée. Il la fit asseoir par terre et lui remit une coupe en argent.

— Me permets-tu de te tutoyer ?

— Oui, bien sûr !

— Tu as soif ? lui demanda-t-il.

— Non, je n'ai ni soif ni faim. Je me nourris à te regarder.

Il sourit et tourna autour d'elle comme un prédateur autour de sa proie.

— Bois quand même ! lui ordonna-t-il.

Sans s'opposer, elle porta la coupe à ses lèvres et avala le liquide tiède. Quelques secondes plus tard, elle sentit sa tête tourner. Elle se coucha sur le dos. Les murs se mirent à valser autour d'elle. Que lui arrivait-il ? Elle ferma les yeux et aperçut aussitôt des visages malveillants qui la narguaient de leur regard noir. Elle frissonna.

Quand elle ouvrit les yeux, elle ne reconnut pas du tout l'endroit. Un peu paniquée, elle s'assit. La pièce dans laquelle elle se trouvait ne ressemblait plus à celle qui l'encadrait quand elle avait fermé les yeux. Elle se regarda. Elle était drôlement vêtue. Elle portait une tunique blanche et un morceau de tissu bleu par-dessus. Des sandales étaient lacées à ses pieds. Elle se leva et voulut appeler le jeune homme, mais elle ne savait même pas son nom. La maison lui rappelait vaguement de lointains souvenirs. Elle se dirigea vers une fenêtre et l'ouvrit pour pouvoir regarder dehors. « Non !

Impossible ! » pensa-t-elle. Elle ne pouvait pas être retournée au temps des Romains tout en étant consciente d'être Marianne !

— Avancez ! criait un garde d'une patrouille romaine à des esclaves. Avancez !

Devant elle, des charrettes remplies de foin circulaient sur des chemins de pierre. Elle referma subitement la fenêtre et prit une grande inspiration. Elle était à Montréal et ne pouvait pas être ici, surtout sans l'intermédiaire d'Asclé. Elle se rappelait avoir bu un liquide, donc elle devait halluciner. Il suffisait d'attendre un peu, elle ouvrirait les yeux de nouveau et tout cela serait du passé. Elle attendit donc encore et se risqua à ouvrir un œil. Rien n'avait changé, elle était au même endroit dans la maison romaine. Elle portait toujours cette étrange tunique blanche et bleue. Elle alla s'asseoir sur une chaise en bois et s'accouda à une longue table du même matériau. Soudain, la porte s'ouvrit. Un jeune homme entra en disant :

— Ma sœur, je nous amène un invité !

Marianne se leva d'un bond. Elle ne reconnaissait pas le jeune homme qui prétendait être son frère, mais celui qui le suivait... Elle eut envie de fuir, mais pour aller où ?

— Ne reste pas plantée là comme une urne! Sers-nous quelque chose à boire, pourvu que ça ne soit pas de l'eau!

Les deux jeunes hommes se mirent à rire. Marianne ne bougea pas d'un poil.

— Octavie! Par tous les dieux, j'ai demandé à boire! Je t'amène un général de légion, que va-t-il penser de toi? Moi qui ai vanté ta grâce et ton obéissance.

Marianne avait le goût de vomir. Elle se précipita dans une pièce communicante au fond de celle dans laquelle elle se trouvait.

— Ça va! dit l'étranger, qui s'appelait Marc-Antoine. Je les aime farouches. De plus, elle est vraiment très belle.

— Ce n'est pourtant pas dans ses habitudes de se comporter ainsi, dit Octave en se levant et en allant chercher la jarre de vin.

Il remplit deux tasses en terre cuite et alla se rasseoir à côté de Marc-Antoine. Ils se mirent à discuter de stratégie de guerre.

Marianne, prise au piège dans la pièce du fond, ne savait pas quoi faire. Elle avait l'air d'un animal. Elle avait déjà rencontré un des deux hommes, elle en était certaine. Des images défilèrent dans sa tête. Elle connaissait ce regard, *mais... Elle repassa en revue tous les garçons qu'elle côtoyait ou qu'elle croisait à l'école. Non, ça ne collait pas. Où l'avait-elle rencontré ? Une image lui revint en mémoire, nette et claire. Sur le bateau, en croisière ! Elle était maintenant persuadée qu'il s'agissait de Robin. L'âme sœur d'Asclé avait donc encore croisé sa destinée. Elle entendait des rires provenant de la cuisine. Elle décida de faire le tour de la pièce en appuyant sur les pierres. Il devait bien y avoir un passage pour revenir à Montréal. Elle n'avait jamais pris de drogue, mais elle avait entendu parler de gens qui avaient halluciné et s'étaient jetés devant des voitures, ou encore s'étaient mutilés. Il fallait donc qu'elle soit prudente. Elle décida alors de garder ses yeux fermés pour échapper à ces hallucinations.*

Les deux hommes commençaient à être réchauffés par l'alcool. Après une longue discussion au sujet de la stratégie de César, Octave revint avec la proposition suivante.

— Par tous les dieux, épouse ma sœur ! Qu'en dis-tu ?

— Je peux aller la voir ?

— Mais oui, elle ne te mordra pas ! Elle fait juste sa timide.

Quand Marianne ouvrit les yeux de nouveau, Marc-Antoine, qui était plutôt bel homme, se tenait debout devant elle.

— Tu n'as pas à avoir peur de moi.

Elle leva les yeux vers lui, mais ne lui sourit pas et fronça les sourcils. Il continua à lui parler. Pouvait-il la reconnaître ?

— Ton frère vient de me proposer de te marier.

Là, elle ne put s'empêcher de s'écrier :

— Quoi !

De toute évidence, il ne la reconnaissait pas.

— Du calme ! Du calme ! Je suis un homme bien. De plus, je suis fréquemment parti à la guerre, alors tu n'auras pas à m'endurer trop souvent. Tu es belle, tu me plais, donc je crois que je vais accepter la proposition de ton frère de te prendre pour femme.

Marianne ne pouvait croire ce qu'elle entendait. Elle allait sûrement s'évanouir et se réveiller dans la cuisine de Marie-Rose. Non ! Où se trouvait-elle avant de se retrouver ici ? Elle avait comme un vide dans sa tête. Elle se rappelait être allée répondre à la porte, et ensuite, plus rien. Et maintenant, cet affreux cauchemar. Habituellement, elle était assez bonne pour maîtriser ses mauvais rêves. Il lui suffisait de savoir qu'elle rêvait pour que le rêve s'achève et qu'elle se réveille. Mais là, elle avait beau essayer, rien n'y faisait. L'homme se trouvait toujours devant elle, à croire qu'elle ne rêvait pas. Et ce serait alors le pire cauchemar de toute sa vie !

Il s'approcha d'elle en lui tendant la main.

— Ferais-tu une balade avec moi ?

— Je ne le sais pas, répondit Marianne.

— C'est toujours un début ! Allez, viens ! N'aie crainte ! Je ne suis pas méchant.

Marianne attrapa sa main. Elle se sentait maintenant comme dans une bande dessinée d'Astérix et Obélix, c'était invraisemblable. Où étaient ses amis Asclé, Étienne, Marie-Rose et Doña Paz ? Elle se retrouva debout face à lui. Il était très grand et dégageait une force naturelle rassurante. Il avait l'air sincère. Elle reconnaissait là la personnalité de Robin.

— Viens !

Ils traversèrent la cuisine. Octave n'était plus là. Marc-Antoine ouvrit la porte et Marianne, alias Octavie dans cette vie, le suivit. Dehors, le choc du temps fut encore plus grand pour elle. Marc-Antoine sourit :

— À voir ta réaction, on pourrait croire que tu n'es jamais sortie de toute ta vie, lâcha-t-il.

— *En fait, c'est un peu la vérité.*

— *Ton frère te tient donc enfermée dans la maison ?*

Marianne réfléchit… Que pouvait-elle dire ? Elle n'en avait pas la moindre idée.

— *Non, je fabule. Je me sens comme si c'était la première fois que je circulais en ville.*

— *Ah bon ! Tu es poète, en plus !*

— *Non, pas vraiment !*

— *Qu'aimes-tu faire, alors ?*

La jeune fille réfléchit.

— *J'aime lire des revues, j'aime aller magasiner.*

— *Pardon ?*

Elle venait de se rendre compte que sa réponse n'avait aucun sens.

— *Je veux dire que j'aime aller…*

Elle regardait autour d'elle en cherchant une réponse à donner, quand elle vit des marchands.

— *J'aime aller au marché.*

Il lui sourit.

— *Tu es bonne dans une cuisine ?*

— *Euh ! À vrai dire…*

Marianne s'était toujours débrouillée, mais dans une cuisine romaine, alors là, elle ne pouvait pas répondre positivement.

— Ce n'est pas grave, je te payerai une esclave.

— Une esclave ? Mais voyons, jamais de la vie !

— On a du caractère, à ce que je vois ! Si tu veux faire les tâches ménagères toute seule, je n'y vois aucun inconvénient.

Quelques légionnaires passèrent et saluèrent Marc-Antoine avec respect.

— C'est gentil, s'entendit-elle dire.

Comment allait-elle se sortir de cette vie-là sans savoir comment elle y était entrée ?

Pendant ce temps, à Alexandrie, le mage se dirigeait vers le palais pour rencontrer le pharaon. Il avait emmené avec lui tout ce qu'il lui fallait pour prédire l'avenir. Autour de lui, il sentait des démons s'agiter et l'insulter. À l'entrée du palais, Achillas l'attendait pour le mener dans la salle de réunion. Sur place, Ptolémée, Cléopâtre ainsi que Jules César étaient déjà arrivés. L'ambiance était tendue. Ptolémée avait salué sa sœur Cléopâtre avec une hargne difficilement maîtrisée. Achillas arriva en compagnie du mage. Cléopâtre se leva et s'écria :

— Vous ! Ici !

— Qui est-ce ? demanda César.

— C'est un charlatan ! lança la souveraine.

Le mage encaissa la phrase sans rien dire, mais au fond de lui, il brûlait d'envie de lui faire payer cette insulte. Achillas prit la parole.

— Le pharaon désirait savoir ce qui adviendra dans un avenir proche, aussi a-t-il demandé à voir le mage.

— Cet homme n'est pas un mage, c'est un monstre ! lâcha Cléopâtre.

Le mage serra très fort son sac de pierres. Il aurait avec joie fait taire cette mégère[19]. Jules accepta cependant d'entendre ce que lui réservait l'avenir. Alors, le mage, sans regarder la pharaonne, se rendit à la table où étaient installées les trois personnes et prépara son matériel divinatoire. Il fit quelques incantations auxquelles certains démons acceptèrent de participer.

— Je vois la mort rôder par ici.

Il dévisagea Ptolémée et ensuite César.

— Je vois de la trahison et des complots.

Tout en disant ces mots, il lança un regard noir à la pharaonne.

— Ptolémée, ta fin est proche. L'eau sera ton bourreau.

— Qu'est-ce que ça veut dire ? s'écria le souverain.

---

[19] Femme méchante.

— D'ici à la prochaine lune, tu seras mort noyé.

— Bêtises et sottises ! cria le jeune pharaon, en lançant son pschent[20].

— Les démons ont été clairs. Bien que votre sœur projette de vous tuer, vous mourrez d'une tout autre manière.

— Non ! s'écria Ptolémée, qui se rua sur le mage, mais Achillas s'interposa.

Cléopâtre sourit en flattant son chat qui venait de se coller contre ses jambes.

— Du calme, Votre Grandeur, dit Achillas. Rappelez-vous que c'est vous qui vouliez savoir l'avenir.

— Personne ne veut savoir qu'il mourra prochainement ! hurla-t-il.

— Calmez-vous. Peut-être le mage se trompe-t-il, lui chuchota son serviteur à l'oreille.

Le pharaon accepta de se calmer et retourna s'asseoir.

— Et maintenant, que réserve l'avenir à Jules César ? demanda le mage.

Il relança les pierres et fit d'autres incantations. Après être entré en transe durant quelques minutes, il pointa le plafond.

---

[20] Coiffe double verticale que portaient les pharaons d'Égypte.

— Plus que trois années vous séparent de votre mort. Dès que vous aurez été proclamé dictateur perpétuel par le sénat, vous serez assassiné par des gens de votre entourage.

— Qu'on fasse taire ce fou ! cria César.

Aussitôt, des gardes se saisirent du mage.

— Qu'on enferme à vie cet être ignoble ! ordonna-t-il encore.

Cléopâtre sourit au mage qui se débattait.

— Alors, dit-elle, est-ce que vos démons peuvent vous défendre ?

— Emmenez-le ! lança César.

Alors, le mage se retourna et regarda Cléopâtre. Il la montra du doigt en criant :

— On vous détestera ! Vous perdrez tout ! Le respect, l'amour et la vie ! Je vous poursuivrai par-delà l'éternité pour vous hanter et vous faire revivre à jamais les souffrances que vous m'infligez. Je vous hais ! Que tous les démons de la Terre vous pourchassent et vous torturent jusqu'à la fin des temps.

Et le mage éclata d'un rire démoniaque, avant de se laisser traîner par les gardes. Ils l'enfermèrent dans un cachot sombre et humide du palais.

11

L'AFFRONTEMENT

*Le courage est souvent une vue peu nette du danger
qu'on affronte ou de l'ignorance entière du même danger.*
Claude Adrien Helvétius, *Notes, maximes et pensées*

Marie-Rose avait suggéré qu'ils passent la nuit tous ensemble pour pouvoir faire face à la situation qui se présenterait. Asclé avait donc appelé sa mère pour lui dire qu'elle ne rentrerait pas, et Étienne son grand-père pour lui signaler la même chose.

— Vous ne croyez pas que nous devrions appeler la police ? suggéra-t-il.

— Je pense que cette nuit, nous serons au même endroit que Marianne, expliqua Marie-Rose.

— Raison de plus, alors, pour que quelqu'un sache où nous sommes, non ? insista-t-il.

— Mais que raconteras-tu aux policiers ? demanda Asclé. Que ta meilleure amie est entre les griffes du diable ?

Étienne n'avait pas du tout pensé que cette histoire ne passerait pas.

— Non, évidemment que non, mais on peut simplement dire que…

— Qué? interrogea Doña Paz.

— Qu'elle a disparu, qu'elle n'est plus ici, ajouta-t-il.

— Qu'ellé n'est plous ici dépouis vingt minoutes et qué tou t'inquiètés beaucoup?

Bien entendu, vu sous cet angle, les policiers ne voudraient rien faire.

— Bon, j'abdique. Je vois bien que c'est trop tôt.

— Ça va aller, lui dit Asclé pour tenter de le rassurer.

— Je te trouve très optimiste, ma douce.

— J'ai une proposition, dit Marie-Rose. Nous pouvons monter la garde chacun notre tour cette nuit, et s'il y a quoi que ce soit, nous réveillons les autres. Couchons tous dans le salon, d'accord?

Asclé regarda Étienne.

— Je suggère plutôt que nous la montions deux par deux. Je me sentirai plus en sécurité si je reste éveillé avec Asclé, commenta le jeune homme.

— Bonne idée! approuva Marie-Rose. De toute façon, le diable frappe toujours quand on s'y attend le moins.

Asclé se colla contre Étienne. Elle eut une pensée pour Marianne.

— Jé proposé dé vous initier au rituellé dé magie blanché. Il faut avoiré quelqués outils avant d'affronter la grandé Bêté.

Marie-Rose et Doña Paz se dépêchèrent et s'affairèrent à tracer un cercle sur le plancher, puis à aller chercher des bougies, ainsi que tout le matériel nécessaire au sortilège de dévouement. Quand elles furent prêtes, elles invitèrent les jeunes à réciter la prière suivante:

« Que mon âme soit baignée par les vagues bienfaisantes de l'amour et de la lumière qui s'éveillent en moi. Que je sois submergé par une vision des temps anciens, où le savoir sacré baignait le monde. »

La prière du rituel de magie blanche ressemblait beaucoup à celle de la magie noire. À un détail près: l'une était dédiée au bien, tandis que l'autre l'était au mal.

« Que mes mains soient bénies par l'élément de l'air… »

Aussitôt, Asclé sentit ses paumes picoter et se réchauffer.

« … que son souffle m'apporte sa clair-voyance… »

Des images et des souvenirs défilèrent dans la tête d'Asclé et d'Étienne. Le jeune homme se revit à cheval, portant l'habit de combat

de l'empereur romain et s'écriant : « *Veni !*
Vidi ! Vici ! »[21]

« Que l'élément du feu m'assiste dans ma
quête de vérité et de sagesse éternelle. Que la
joie vibrante de la vie m'habite… »

Doña Paz demanda ensuite à la déesse
Isis[22] de venir les retrouver et la remercia de
sa présence. Puis, elle la pria de protéger les
jeunes du danger qui les guettait.

— Mainténant, vous êtés prêts pour affron-
neter lé malé.

— Euh ! hésita Étienne. Je pense que je ne
me sens pas tout à fait prêt, moi.

— Dé touté façonne, tou n'as pas lé choix.

— Oh ! J'adore cette phrase, se moqua-t-il.
Qui commence le tour de garde ?

— Commençons, lança Asclé. Je me sens
prête.

— Mais oui, fais-moi passer pour un
peureux !

— Mais je n'ai rien dit, lâcha Asclé.

— Je viens de dire que je ne me sentais pas
prêt et toi, tout de suite, tu enchaînes que tu
es prête.

---

[21] Je suis venu ! J'ai vu ! J'ai vaincu !

[22] Isis était considérée comme une déesse égyptienne mystérieuse et
magicienne pour avoir ramené son frère et époux, Osiris, à la vie,
ce qui lui a valu l'admiration et l'adoration des hommes.

— Ne le prends pas comme ça, allez !

— Bon, je vais chercher des couvertures et des oreillers, et nous allons nous installer, proposa Marie-Rose.

— Je ne serai sûrement pas capable de dormir, avoua Asclé.

— Moi, jé mé sens vieillé, dounc jé vais dormir aussitôt la têté sour l'oreiller.

Leur hôte, Marie-Rose, revint avec des oreillers et des couvertures, et chacun se trouva un petit coin pour s'étendre. Asclé et Étienne se couchèrent directement sur le sol, pour laisser le divan à leurs amies. Après quelques minutes, on pouvait déjà entendre les ronflements de Doña Paz et de Marie-Rose.

— Eh bien, tout cela n'a pas l'air de les inquiéter outre mesure, chuchota Étienne.

— Je pense qu'elles en ont vu d'autres dans leur vie.

— Oui, mais quand même.

— J'aimerais que tout cela soit un cauchemar, que je me réveille, que Marianne soit ici et que toi, tu sois là en me disant que tu m'aimes, dit Asclé en se rapprochant de son amoureux.

— Je peux simplement te dire que je t'aime, mais que tu ne rêves pas.

Leurs nez se frôlèrent et ils s'embrassèrent tendrement. Asclé soupira. Elle était si bien. Pourquoi fallait-il toujours risquer sa vie? Pourquoi le destin avait-il fait d'elle une héroïne bien malgré elle? Un bruit sourd vint briser leur élan amoureux.

— As-tu entendu? demanda Asclé.

— Oui, ça provenait de la salle de bain.

— On va voir?

Asclé se leva, prête à affronter ce qui s'y trouverait, mais Étienne resta par terre.

— Je pense qu'il vaut mieux rester tous ensemble ici, dans le salon.

— J'ai besoin d'aller voir ce qui se passe. N'oublie pas que c'est nous qui sommes de garde.

— Alors, réveillons-les!

— Mais non, pas tout de suite! Si ce n'est rien, nous les aurons réveillées sans aucune raison.

— Et si c'est ce que je pense, nous ne pourrons plus du tout venir les réveiller.

— Allez! Lève-toi! lança Asclé. On va juste jeter un coup d'œil.

Étienne bougonna. Il n'avait vraiment pas envie de confronter ce qui pouvait se trouver dans la salle de bain. Mais il ne voulait pas non plus laisser sa copine partir toute seule.

— Bon! On y va! Calme-toi! Je persiste à dire qu'on devrait rester ici. C'est sûrement une tactique pour nous séparer.

Ils se dirigèrent vers la salle de bain, quand un autre bruit sourd les fit sursauter. Le cœur battant à tout rompre, les deux jeunes s'arrêtèrent quelques instants.

— Qu'est-ce que ça peut être, à ton avis? demanda Asclé.

— Si je le savais, sûrement que je ne me dirigerais pas comme un idiot vers ça.

— Arrête! Tu n'es pas un idiot!

— Oui, eh bien, tu demanderas à Marianne ce qu'elle pense de moi.

— Elle dit ça pour t'agacer!

— Pas certain…

— Bon! Allons-y! ordonna Asclé.

La porte de la salle de bain était entrou-verte, et la lueur d'une chandelle en émanait.

— Tu crois que Marie-Rose a laissé une bougie allumée dans la salle de bain? demanda Étienne, inquiet.

— J'imagine, sinon qui d'autre aurait allumé une bougie?

Ils se regardèrent, une lueur de crainte dans les yeux. La jeune fille s'approcha de la porte et la poussa lentement. Son reflet dans le miroir la fit reculer. Elle avait oublié qu'elle se transformait en Cléopâtre. Elle entra dans la salle de bain et voulut allumer la lumière, mais l'interrupteur ne fonctionnait pas.

— C'est sûrement pour cette raison que Marie-Rose a mis une chandelle, suggéra Asclé à Étienne.

Un bruit de verre cassé provenant du salon les fit alors pousser un cri.

— AHHHHHHHHHH!

— Qu'est-ce que c'était? demanda Étienne.

— Allons voir!

— Marie-Rose et Doña Paz sont sûrement réveillées, s'écria Étienne.

Quelques minutes auparavant, Doña Paz avait ouvert les yeux. S'apercevant de l'absence des jeunes, elle avait réveillé son amie. Elles s'étaient levées et, au moment même où elles avaient franchi le cercle consacré, quelqu'un caché dans le noir les avait menacées.

Étienne et Asclé coururent jusqu'au salon. Arrivés près du fauteuil, ils constatèrent que leurs amies n'étaient plus là. La baie vitrée du salon avait été fracassée. Marie-Rose et Doña Paz avaient été enlevées!

— Non! cria Asclé. Ça ne se peut pas!

Elle fit le tour des pièces en criant leur nom. Aucune lumière ne fonctionnait, aussi trébucha-t-elle contre une chaise berçante et tomba-t-elle dans les débris de verre de la baie vitrée.

— Aïe!

— Asclé! Tu t'es blessée?

Étienne bondit jusqu'à elle, armé d'une chandelle qu'il venait d'allumer.

— Je me suis rentré un morceau de vitre dans la main.

Étienne faillit s'évanouir quand il vit les mains de sa bien-aimée couvertes de sang. La vitre, qui avait été trempée dans du poison, intoxiqua tout de suite Asclé, qui perdit connaissance. Étienne tenta de la réanimer, mais sans succès. Voilà qu'il se retrouvait tout seul dans le salon! Quand il se retourna, il vit une très belle jeune femme à côté de lui.

— Rassure-toi! Je peux vous aider.

Étienne, persuadé qu'il s'agissait d'une ruse de démon, ne voulut pas la regarder dans les yeux.

— Allez-vous-en ! Je vais très bien.

— J'aimerais te croire, dit la déesse, mais ce que je vois me fait penser le contraire.

— Qui êtes-vous ?

— Je m'appelle Isis et suis une déesse égyptienne.

— Eh bien, Isis, ça m'a fait plaisir de vous connaître ! Mais ne vous attardez pas ici, vous perdez votre temps.

— Tu dois me faire confiance.

— Non, vous ne pouvez pas m'aider, car je n'en ai absolument pas besoin. Tout va bien dans ma vie, actuellement.

Étienne se sentait complètement stupide de dire ces paroles, là, assis par terre, sa copine inconsciente sur ses genoux et les mains en sang.

— Je sais comment ramener ta bien-aimée du monde des morts, dit la belle inconnue.

— Mais de quoi parlez-vous ?

— Du poison qui coule maintenant dans ses veines.

— Mais quel poison ?

— De celui qu'on avait déposé sur le verre. Ne t'en fais pas ! Je règne sur le royaume des morts depuis que j'ai ramené mon frère Osiris à la vie.

Étienne aurait payé cher pour se réveiller du cauchemar qu'il vivait. Il inspira un grand coup et regarda la déesse. Elle était rayonnante et splendide. Elle ne pouvait pas être un démon. Il décida donc de lui faire confiance.

— Que pouvez-vous faire pour nous ?

— Je peux t'aider, mais malheureusement, ce n'est pas moi qui ferai le plus gros des efforts. Je te montrerai le chemin, et c'est toi qui surmonteras les obstacles en compagnie de tes amies. Vous devrez prouver que vous êtes dignes des dieux, ils vous mettront à l'épreuve. L'histoire n'a pas tout dévoilé, aussi devrez-vous faire une découverte qui vous permettra de la réécrire, sinon… Tu sais le sort qu'on a réservé à César ?

Étienne grimaça. La seule chose qu'il savait, c'était que Jules César était mort poignardé.

— Oui…

— Je te remets d'abord ce morceau d'argile, il provient d'un vase. Ce dessin est un hiéroglyphe[23]. Tu devras trouver le vase d'où provient ce morceau.

---

[23] Écriture sous forme de signes et de dessins utilisée par les Égyptiens dans l'Antiquité.

— Et où se trouve ce vase ?

— À Alexandrie, en Égypte.

— Mais oui, c'est tout à fait logique…

Étienne secoua la tête de découragement.

— Comment voulez-vous que je prenne l'avion déguisé en Jules César ? Je vais me faire fouiller aux douanes ! Ils vont m'arrêter, me torturer !

La déesse sourit. Elle leva la main pour tenter de calmer Étienne.

— Étienne, Étienne, tu n'as pas saisi l'enjeu.

— Je ne comprends pas…

— J'ai bien vu qu'un détail important te manquait. Tu oublies que tu changeras d'espace-temps pour quelque temps.

— Je changerai d'espace-temps ?

— Tu changeras d'espace-temps parce que tu n'as plus le choix, la partie est commencée. Si vous ne réussissez pas à changer le cours de l'histoire, on vous retrouvera ici, morts tous les deux dans ce salon et Marianne à un autre endroit. Doña Paz et Marie-Rose n'auront pas plus de chance que vous. La seule façon pour vous de rester en vie est d'affronter ce qui arrive.

— Mais comment faire pour réussir à modifier le cours de l'histoire ?

— Les dieux m'ont permis de t'accorder la conscience de ton temps. Tu sauras donc, une fois que tu seras là-bas, pourquoi tu y as été envoyé. Ce sera un couteau à double tranchant, par contre, car en sachant que tu seras Étienne dans le corps de Jules César, tu n'auras aucun accès à ce que Jules César était alors, me comprends-tu ?

— Attendez, je ne suis pas certain de...

— Il ne reste plus beaucoup de temps. Tu oublies qu'Asclé et Marianne sont déjà là-bas.

Étienne regarda sa bien-aimée avec tendresse. Il l'embrassa doucement sur le front. Isis lui mit une main sur l'épaule.

— Courage, jeune homme. Courage.

Il leva les yeux vers la déesse et hocha positivement la tête. Isis leva les mains vers le ciel et implora les dieux de lui obéir.

— Ouvrez les portes du temps, et que s'écrive une nouvelle histoire ou que meurent encore une fois ces personnages qui n'auront pas su apprendre de leurs erreurs.

— Mais attendez ! Comment pourrai-je revenir ici ?

— Trouve le vase, cela créera une brèche dans le temps et tu reviendras ici. Apporte avec toi le liquide qui se trouvera dans le vase.

Tu le verseras sur les mains de ta copine. Le sort sera ainsi momentanément inefficace, et toi et tes amis retrouverez votre identité. Ensuite, vous aurez très peu de temps pour vous rendre là-bas.

— Là-bas…

— À Alexandrie, tiens ! Mais allez, si tu réussis, je vous accueillerai. Bonne chance !

Un coup de tonnerre retentit et une lueur aveuglante brûla les yeux d'Étienne. Son cri le réveilla. Il se trouvait sur un lit, aux côtés de Cléopâtre.

La jeune femme ouvrit les yeux et lui sourit.

— Vous avez fait un cauchemar, cher amour ?

Étienne eut un mouvement de panique. Il se tourna et se planta la tête dans un coussin pour éviter de crier. Tout s'était passé si vite ! Il avait entendu la déesse Isis lui expliquer ce qui allait se passer, mais il n'avait pas saisi l'ampleur des difficultés qui l'attendaient. Il devait se ressaisir. Il était terrorisé à l'idée de revivre à cette époque. Et s'il échouait ? Non, il devait s'enlever cela de la tête. Il devait réussir. Asclé ! Il s'ennuyait tellement d'elle. Et si Asclé avait sa conscience, elle aussi ? Il tenta sa chance.

— Asclé ! C'est toi ?

— Vous délirez ou vous rêvez éveillé, César ?

— Oubliez ça !

— Vous me vouvoyez, maintenant ? Et attendez... Asclé... Vous parlez de ce dieu de la médecine ?

Étienne fit semblant que c'était le cas.

— Oui. Tu le connais ?

— Pas beaucoup, mais je sais qu'il a existé.

— Mmmm...

— Voulez-vous encore dormir ? demanda Cléopâtre en lui caressant le dos.

— Non !

Étienne se leva d'un coup, les draps enroulés autour de la taille, et chercha sa tunique.

— Vous me paraissez angoissé, constata la pharaonne.

— Oui, j'ai des choses à faire. Je dois te laisser.

— Reviendrez-vous dîner avec moi ?

— Je ne le sais pas encore.

Un chat poussa le rideau qui entourait le lit et sauta à côté de Cléopâtre. La souveraine commença à le flatter.

— Je vous attendrai, dit-elle.

— N'espère pas trop, s'entendit dire Étienne.

Le jeune homme se sauva dans un autre appartement avec sa pile de vêtements. Il eut de la difficulté à mettre sa tunique romaine. Et que dire d'attacher ses sandales, un véritable calvaire. Dans une de ses poches, il retrouva le morceau d'argile que la déesse lui avait remis. Il l'examina. Comment trouver le vase ? Le palais devait regorger de vases et d'urnes. Une fois habillé, il sortit sur le balcon et vit la ville qui s'étendait à perte de vue. Il en eut le souffle coupé. Devant lui, au loin, s'élevait dans toute sa magnificence l'énigmatique phare d'Alexandrie. Jamais il n'avait vu de monument plus impressionnant. Il sursauta quand il s'aperçut que Cléopâtre se tenait à ses côtés.

— Le phare de mes ancêtres est magnifique, ne trouvez-vous pas ?

— Oui, c'est une merveille.

— Vous, les Romains, maîtrisez bien l'architecture, mais mon peuple se défend pas mal aussi.

Elle éclata de rire comme une fillette. Il reconnut Asclé derrière les traits de cette pharaonne extraordinaire. Comment pouvait-elle savoir autant de choses ? Étienne en fut touché. La tour devait mesurer environ 135 mètres et était surplombée par une statue.

— Quelle est cette statue qui surplombe le phare?

— C'est Horus, le dieu faucon. C'est une des plus anciennes divinités égyptiennes. Horus veut dire: «celui qui est au-dessus, ou celui qui est lointain».

— Et les autres statues plus basses, qui représentent-elles?

— Il y en a une qui représente Ptolémée et l'autre, la déesse Isis.

Étienne frissonna. Isis n'était-elle pas la déesse qui lui avait donné le morceau d'argile? Il fouilla dans un des replis de sa tunique pour toucher le fragment. Il n'avait pas une minute à perdre. Il devait inspecter le palais à la recherche de l'indice.

— Je dois vraiment te quitter, maintenant, s'excusa-t-il.

Elle lui mit une main sur l'épaule.

— Le temps me paraîtra une éternité sans votre présence.

Étienne succombait lui aussi peu à peu au charme de cette pharaonne, à moins que ce ne soit à celui d'Asclé. Il la salua et se précipita à l'intérieur du palais sans la moindre idée de la direction à prendre. Il descendit des escaliers, qui le conduisirent à un grand couloir. Tout au long de ce passage, d'immenses jarres en argile décorées de hiéroglyphes se dressaient contre le mur comme des gardes. Étienne tenta d'en examiner le plus possible, jusqu'à ce qu'un de ses commandants arrive. César était demandé en conseil spécial. Le jeune homme suivit le soldat, la tête basse. Il savait en effet qu'en peu de temps on se méfierait de lui, car il aurait l'air complètement incompétent. Autour de la table, plusieurs commandants de légion attendaient les ordres. Étienne les fixa quelques instants et leur dit :

— Je vous fais confiance. Faites ce que vous pensez être le mieux.

— Mais…, s'interposa Marc-Antoine, qui venait d'arriver à Alexandrie pour recevoir sa mission.

Étienne le regarda, ébranlé. Il était certain de l'avoir déjà vu quelque part. Un souvenir peu attrayant s'enfuit de sa mémoire, avant qu'il n'ait pu mettre le doigt dessus. Il n'avait pas le temps de jouer à cache-cache, aussi improvisa-t-il.

— Je ne vous dirai rien de plus que : faites ce qui doit, selon vous, être fait.

Et sur ces paroles, Étienne sortit de la pièce comme si de rien n'était, puis s'enfuit se cacher dans le palais. Les commandants, restés seuls, discutèrent du comportement bizarre de leur chef.

— Il ne faut pas s'en faire, dit Marc-Antoine. Notre chef est amoureux. D'ailleurs, j'ai laissé moi aussi ma bien-aimée à Rome et j'ai un peu les idées embrouillées. Ah, les femmes! Quand elles vous tiennent, elles vous ensorcellent.

Les autres commandants rigolèrent et imitèrent leur pauvre chef. Étienne, quant à lui, s'était adossé à une colonne, à l'abri des regards. Il ne survivrait jamais dans ce monde avec sa conscience! Une lueur apparut alors devant lui, et la déesse Isis se matérialisa:

— Tu me parais soucieux.

— Non, mais vous avez vu? Pour quel idiot j'ai passé devant les commandants! Ils auraient pu m'assassiner sur-le-champ!

— Allez! Ressaisis-toi! Il ne s'est rien passé de bien grave.

— C'est vous qui le dites!

— Trouve le vase, c'est tout ce que tu dois faire pour l'instant.

— J'avais oublié combien c'était simple…

Étienne grimaça.

— Je ne t'ai pas conté d'histoires, lui dit la déesse. Je ne t'ai jamais dit que cela allait être facile. Si tu avais été Jules César, tu n'aurais pas cherché le vase. C'est maintenant ou jamais, les dieux n'accordent jamais une deuxième chance !

— Je sais, pardonnez-moi.

Isis sourit et le toucha. Aussitôt, un baume d'apaisement se répandit dans le corps du jeune homme.

— Je vais trouver le vase.

— Bon, je te laisse.

— Non, ne partez pas tout de suite !

— Je dois partir, mais quand tu auras besoin d'aide, tu pourras m'appeler.

La déesse disparut sur ces mots. Étienne, inquiet, la pria de revenir.

— J'ai besoin d'aide.

Isis réapparut.

— Tu connais l'histoire du jeune garçon qui crie au loup ? demanda Isis.

Étienne hocha la tête.

— Tu ne dois pas crier au loup pour le plaisir, car le jour où il y en aura vraiment un, je ne viendrai pas. Comprends-tu ?

— Oui, je promets de vous appeler juste si j'ai réellement besoin de vous.

— Crois-moi, quand tu auras besoin de moi, tu n'auras pas assez de force pour me crier après.

Le jeune homme s'inquiéta.

— Mais je viendrai, car je saurai que tu seras en danger. Maintenant, je te prie de remplir ta mission. Trouve le vase !

Étienne ravala sa salive. Il n'aimait pas ce jeu de rôles. Il inspira un grand coup et examina d'autres vases dans son secteur. Aucun d'entre eux n'était ébréché, ils étaient tous parfaits. Il n'entendit pas Charmian, la servante de Cléopâtre, s'approcher de lui.

— Je peux vous aider, maître ?

Étienne réfléchit. Il ne savait pas s'il pouvait demander de l'aide, alors il préféra se taire et rangea subtilement la pièce en argile dans ses poches.

— Non, c'est gentil. Je réfléchissais.

— Prendriez-vous du vin ?

Charmian lui désigna la cruche qu'elle portait sous son bras. Étienne n'aimait pas du tout le vin, mais Jules César devait aimer cela. Il accepta donc l'offre de la servante. Elle lui servit une tasse de vin. Au même moment, Étienne s'aperçut qu'il manquait un morceau au vase qui contenait le liquide. Il toucha ses poches.

— Peux-tu me laisser cette cruche ?

— C'est que j'allais servir ma maîtresse...

— Je lui apporterai moi-même ce vin. Ce sera une surprise.

Charmian savait que Cléopâtre apprécierait la visite de César. Aussi détacha-t-elle la bandoulière qui retenait le vase tandis qu'il lui disait :

— Va ! Ne t'inquiète pas !

Étienne attrapa le vase d'argile et fit semblant de marcher en direction des appartements de Cléopâtre. Charmian esquissa un sourire.

— Je crois que vous vous trompez de direction, le taquina-t-elle.

Étienne rougit. Il se dirigea du côté opposé et Charmian en sens inverse. Une fois assuré que personne ne le regardait, il déposa le vase par terre et sortit le morceau manquant. Il avança la petite pièce. Celle-ci semblait être la bonne. Elle s'insérait parfaitement pour former un mot.

Maintenant, comment savoir ce que ces symboles voulaient dire ? Et comment faire *pour rapporter dans l'autre vie le vase et son liquide ? En pensant à cela, il se sentit aspiré d'un seul coup, comme happé par une voiture.*

12

LE PIÈGE

La mouche qui veut échapper au piège
ne peut être plus en sécurité que sur le piège même.
Georg Christoph Lichtenberg, *Le miroir de l'âme*

Marie-Rose et Doña Paz avaient suivi l'individu cagoulé qui les menaçait avec une arme à feu. Elles étaient sorties de la maison comme il l'avait exigé, puis il les avait obligées à monter dans une voiture. Ensuite, avec l'aide d'un complice, il les avait attachées, bâillonnées et leur avait mis des sacs sur la tête. Doña Paz décida de communiquer par télépathie avec Marie-Rose.

— Sais-tou qui ils sont ?

— Une des voix me dit quelque chose.

— Moi aussi.

— Alors, on doit le connaître.

— Jé pense aussi.

— Ce qui est certain, c'est qu'ils sont sous l'emprise de démons.

— Et dé drogué ! ajouta la Mexicaine.

— Attendons de voir où ils nous mènent.

— Y espèré qu'ilés né nous amènéront pas au même endroit qué Marianné. Y ai confiancé qu'Asclé et Étienne nous rétrouvent.

— Souhaitons-le, sinon…

— Jé mé sens vieille, et quitter la Terre né m'effraie pas.

— Ne dis pas de sottise, notre heure n'est pas encore venue !

— *Quien sabe*[24] ?

L'automobile s'arrêta, et le conducteur et son compère en descendirent en laissant les vieilles dames dans le véhicule. Après plusieurs minutes, la portière du côté de Doña Paz s'ouvrit et un bras la tira fermement à l'extérieur. Ses vieilles jambes faillirent flancher, mais elle réussit à tenir le coup. On la poussa en avant. Elle ne voyait rien, mais elle sentait de l'asphalte sous ses pieds. On ouvrit une porte et on la poussa à l'intérieur, en lui disant : « Attention à la marche ! » Doña Paz trébucha et s'étendit de tout son long sur le plancher de bois. Une douleur aiguë la fit crier, mais le bandeau dans sa bouche absorba le bruit. Elle était persuadée qu'elle venait de se briser une hanche. L'individu se mit à rire.

---

[24] Qui sait ?

— La vieille, tu n'es pas capable de regarder où tu mets les pieds ? Ah, c'est vrai, je ne t'avais pas enlevé le sac. Mais je ne te l'enlèverai pas tout de suite.

Doña Paz gisait par terre, gémissante.

— Ça va ! cria-t-il, impatient.

Elle se força à se taire, car qui sait ce qui pourrait advenir si son agresseur perdait patience. Ce dernier la laissa seule et alla chercher Marie-Rose. Celle-ci perdit pied, mais se reprit juste à temps pour ne pas s'effondrer. Il referma la porte derrière lui et leur adressa la parole.

— Bienvenue, mesdames ! Vous voici dans votre nouvelle demeure, j'espère qu'elle vous plaira. En fait, ce n'est pas tout à fait ici, c'est juste un étage en dessous.

Et il se mit à rire.

— J'ai pensé que vous aimeriez cet endroit en attendant votre mort. Vous verrez bientôt pourquoi.

Il saisit alors Marie-Rose par le bras. Celle-ci tenta de communiquer avec son amie, mais sans succès. Que se passait-il ? Elle ne résista pas quand l'homme la poussa devant lui. Il ouvrit une autre porte et lui dit de tenir la rampe pour ne pas faire comme son amie et s'affaler par terre. «Voilà pourquoi Doña ne répond pas! Elle doit s'être évanouie», se dit-elle. Elle descendit jusqu'en bas et, ensuite, l'agresseur monta pour aller chercher la seconde prisonnière. Il chargea la Mexicaine sur ses épaules pour descendre. Doña Paz gémit, la douleur étant intolérable. Il la déposa sans ménagement par terre, et un bruit d'os brisé se fit entendre. Puis, il détacha les deux femmes et enleva leur bâillon.

— Une fois que je serai en haut, vous pourrez enlever les sacs sur vos têtes. Mais seulement quand je serai monté, d'accord? Eh bien, j'ai été ravi de vous rencontrer!

Et il éclata d'un rire démoniaque. Quand la porte du haut claqua, Marie-Rose s'empressa d'enlever son sac. Elle se précipita ensuite vers son amie pour la libérer.

— Oh mon dieu, Teresa!

La vieille cracha un peu de sang et de salive en gémissant.

— Jé pensé qué jé souis mal en point.

— Non, tout va bien aller. On va s'en sortir.

Pour la première fois, Marie-Rose regarda autour d'elle. Elles se trouvaient dans une bibliothèque. Aucune fenêtre n'était visible. Des centaines de rayons pleins de livres poussiéreux remplissaient la grande pièce. Des néons brillaient au plafond, et dans le coin droit reposaient une petite table et deux chaises. Sur la table, une carafe d'eau avait été déposée et juste à côté, une note avait été laissée. Marie-Rose s'approcha et put lire. « Quand vous aurez bu cette eau, vous serez proches de votre fin. Passez une bonne éternité. »

13

L'ÉNIGME D'ISIS

L'énigme vit aussi du vœu d'être percée.
Jean-Claude Renard, *La lumière du silence*

— Tu t'es plutôt bien débrouillé, lança la déesse à l'endroit d'Étienne.

Celui-ci, couché sur le dos, était encore étourdi par son retour dans le présent.

— Dépêche-toi de verser un peu de vin sur les plaies de ta copine.

Étienne se releva péniblement, et c'est là qu'il remarqua qu'il ne portait plus l'ancienne tunique. En jetant un coup d'œil à son amoureuse, il se rendit compte qu'Asclé était aussi redevenue normale. Il poussa un cri de joie.

— Youpi !

— Ne te réjouis pas trop vite. Rappelle-toi que le sort est conjuré momentanément.

Le jeune homme fit la moue. Malgré tout, il s'empara du vase et versa sur les paumes d'Asclé le liquide alcoolisé. La jeune fille se réveilla. D'abord, elle ne perçut qu'une faible lumière, puis réussit à focaliser son regard devant elle.

— Oh ! Étienne !

— Asclé ! Si tu savais à quel point j'ai eu peur !

— J'ai eu l'impression d'être morte. Je ne sais pas comment l'expliquer, mais je flottais entre deux mondes. Il y avait des créatures tellement effrayantes… J'avais peur qu'elles m'avalent.

Étienne montra du doigt Isis. Quand Asclé tourna la tête, elle resta saisie.

— Qui êtes-vous ?

— Je suis la déesse Isis. Je ne peux malheureusement pas rester, on me demande ailleurs, mais n'hésitez pas à me contacter. Je garderai de toute façon un œil sur vous. Étienne a déjà fait un bon travail, il t'expliquera tout ce qu'il faut savoir de plus.

— Mais…, répliqua Étienne. Je ne sais pas quoi faire, moi !

— Déchiffre le message du vase. Regarde et écoute les signes qui se présenteront. Asclé te guidera.

— Quoi ? lâcha la jeune fille. Mais…

Le temps d'un éclair, la déesse avait disparu. Étienne aida Asclé à se relever.

— Maintenant, que fait-on ? demanda-t-elle.

— Je n'ai aucune idée de ce qu'il faut faire.

Il lui montra le vase et tenta de lui expliquer un peu ce que la déesse lui avait dit au sujet du sort et de ce qui les attendait. Asclé se rendit à la salle de bain, puis ils décidèrent de s'installer devant l'ordinateur de Marie-Rose.

— Jamais on ne trouvera son mot de passe, dit Étienne.

— Elle n'a pas de mot de passe, on a de la chance ! répliqua Asclé, qui venait d'ouvrir une session.

— OK ! Fantastique ! Par quoi commence-t-on ?

— S'il faut déchiffrer ces hiéroglyphes, allons voir sur des sites qui parlent de l'Égypte.

— Bonne idée !

Étienne avança une chaise et la plaça à côté de celle d'Asclé.

— Il faut absolument retrouver et sauver nos amies, commença Asclé.

— On fera tout ce qu'on pourra.

— Oui, eh bien pour l'instant, je me demande où tout ça va nous mener.

— Voyons, Asclé, tu le sais bien. Directement en Égypte.

Elle le regarda quelques instants. Une lueur de tristesse traversa son beau regard.

— Bon, voici un site qui nous montre l'alphabet égyptien.

— Mais oui, super! s'écria Étienne. Alors, ça donne quoi, si on le compare avec les dessins?

— Pas grand-chose de compréhensible, soupira la jeune fille.

— Attends! On devine que ça commence par S et que ça finit par M, mais pour ce qui est du reste, comment savoir?

— Je pense que c'est là que l'on se dit qu'il faut aller directement en Égypte. De toute manière, on n'a pas vraiment le choix. Alors…

— Mais Asclé, comment va-t-on aller en Égypte?

— Tu te rappelles le chauffeur, Daniel? C'est lui qui nous avait menés au pilote d'avion qui nous avait aidés à aller en Inde. Marie-Rose a sûrement son numéro dans son bottin téléphonique.

Asclé se leva et alla feuilleter le petit carnet, qui se trouvait à côté du téléphone. Elle en tourna rapidement les pages.

— Ça y est, je l'ai! Je l'appelle.

Asclé composa le numéro inscrit et quelques secondes plus tard, Daniel décrocha. Elle lui expliqua brièvement leur histoire, en omettant volontairement plusieurs détails pour ne pas l'effrayer. Daniel accepta de venir les chercher dans une trentaine de minutes. Il les conduirait à l'aéroport et verrait si un des pilotes qu'il connaissait serait disponible.

Étienne, qui ne voulait pas apporter le vase avec lui, fit un calque des dessins et déposa la feuille dans sa poche. Les deux adolescents se préparèrent ensuite un sandwich, car leur ventre gargouillait. Soudain, la cloche de l'entrée sonna.

— Déjà ! s'écria Asclé. Il est rapide, dit-elle, la bouche pleine.

Étienne se levait pour aller répondre quand Asclé ressentit une brûlure à ses doigts. Elle eut un mauvais pressentiment.

— Étienne ! Ne réponds pas !

— Quoi ?

Le jeune homme était presque arrivé à la porte.

— N'ouvre pas ! Je suis certaine que ce n'est pas Daniel !

Les deux jeunes se faufilèrent dans la chambre de Marie-Rose pour aller voir par sa fenêtre. Sur le balcon, un grand homme habillé en noir tentait de regarder par la fenêtre du rez-de-chaussée. Asclé frissonna.

— C'est… Que va-t-il se passer ? Je n'aime pas ça, Étienne.

— Attendons de voir ce qu'il va faire.

L'individu dirigea son regard vers la fenêtre de Marie-Rose. Il sourit.

— Je sais que vous êtes là ! dit-il d'une voix mielleuse. Allons, répondez-moi ! On ne va pas jouer au chat et à la souris, quand même. Marianne s'ennuie de vous.

Asclé mit sa main devant sa bouche pour ne pas crier. Elle se laissa plutôt tomber sur le lit. Étienne continua pour sa part à observer l'homme devant la porte d'entrée. Celui-ci mit sa main sur la poignée et entra. La porte était déverrouillée! Le cœur d'Étienne se mit à battre la chamade. Asclé, elle, faillit s'évanouir quand elle entendit les pas qui se dirigeaient vers la chambre dans laquelle ils se trouvaient, car ses doigts la faisaient de plus en plus souffrir. Elle était pétrifiée et fixait son regard sur la porte de la chambre. Une ombre apparut. Elle retint sa respiration. Étienne s'empara d'une lampe, prêt à frapper celui qui allait entrer. L'homme en noir éclata de rire avant d'apparaître devant les jeunes.

— Dépose cette lampe avant de te blesser, dit-il à la blague.

En prononçant ces mots, l'ampoule éclata. Étienne lâcha la lampe, qui tomba par terre en faisant beaucoup de bruit.

— Je suis surpris, je m'attendais à un plus bel accueil, nargua la Bête.

Asclé aurait voulu parler, mais elle semblait ne plus avoir de salive.

— Ce n'est pas bien grave, je vous pardonne. Je vous invite même chez mon adepte. Vous ne pouvez pas refuser une si belle invitation, n'est-ce pas ? Surtout que votre meilleure amie vous y attend !

La Bête fit un pas vers le lit. On pouvait lire de la haine dans ses yeux injectés de sang. Mais aussitôt, une lumière l'aveugla. La déesse Isis apparut et le repoussa de la main.

— Oh ! Lucifer, comme on se retrouve ! J'espère que tu ne seras pas trop déçu d'apprendre que ce sont mes protégés.

L'homme en noir recula, en se mettant une main devant les yeux.

— Toi ici, Isis ?

— Surpris ?

— Bof ! Un peu, peut-être…

Il tourna autour du lit.

— Eh bien, j'en suis ravie, car ils n'iront pas chez ton sorcier. Du moins, pas aujourd'hui. Ils ont un rendez-vous.

— Toujours aussi bonne et fidèle à toi-même, à ce que je vois. La déesse charmante qui fait triompher le bien et qui, comment dirais-je, se plaît à mettre des bâtons dans les roues au mal, ironisa la Bête. Pourquoi ne pas plutôt venir de notre côté et profiter du bien que fait le mal ?

— Tu perds ton temps avec tes provocations. De toute façon, tu sais très bien que je suis plus forte que toi.

— Oui, je le sais. Pour aujourd'hui, la partie est donc annulée, mais je reprendrai le jeu avec mes petits amis plus tard.

Se dirigeant vers Asclé, il alla lui murmurer à l'oreille :

— Et cette chère déesse ne sera pas toujours là pour vous défendre.

Étienne, qui se sentait plus fort, décida alors de narguer le diable.

— Allez ! Elle t'a dit de nous laisser, alors fais de l'air !

La Bête lui jeta un des regards brûlants dont elle avait le secret.

— Ne joue pas avec le feu, petit cafard ! Ne joue pas avec le feu !

Isis s'interposa.

— Allez, Lucifer, tes petits démons t'attendent. Et tu sais à quel point ils sont indisciplinés quand tu n'es pas là. Il ne faudrait pas que tu les fasses trop patienter, ce n'est pas leur force.

Elle le foudroya aussitôt d'une lumière violette. Il lâcha un petit cri et s'en alla.

— C'est ça, imbécile ! Va-t'en ! s'écria Étienne.

Isis lui lança un regard désapprobateur.

— Il a raison sur un point, jeune homme. Si un jour je n'arrive pas à temps, tu pourrais sérieusement regretter tes paroles.

Asclé se leva.

— C'était vraiment le...

— Le diable ! répondit Isis. Oui !

— Mais comment ?

— Il s'est juste emparé de ce corps. Bien entendu, je ne sais pas qui est ce jeune homme, car son corps ne lui appartient plus. Les démons s'en servent comme d'un véhicule.

— Je suis inquiète pour Marianne. De la manière dont il parlait, c'est lui qui la tient prisonnière.

— Ne vous en faites pas, tous les deux. Pour l'instant, il est impuissant, mais vous devez faire vite. Tout comme vous, Marianne a été momentanément libérée dans le passé.

Étienne fut le premier à apercevoir Daniel sur le perron. La cloche de l'entrée surprit vivement Asclé, qui sentit une montée d'adrénaline la traverser.

— C'est Daniel !

— Bon, je vous laisse, les jeunes. On se retrouve en Égypte !

L'apparition disparut d'un seul coup. Les jeunes se précipitèrent dans le corridor pour aller ouvrir la porte.

— Bonjour ! lança Asclé.

— Bonjour, ça fait plaisir de vous revoir.

— Vous n'avez pas idée à quel point nous aussi, dit Étienne.

Daniel les mena jusqu'à l'aéroport. En chemin, il leur promit d'avertir leurs parents, pour que ces derniers n'alertent pas tous les corps de police du pays. Une fois arrivé à l'aérogare, il se stationna près des hangars.

— Venez ! Je vais voir qui peut vous aider. J'ai déjà fait quelques appels avant de venir vous chercher.

Asclé et Étienne étaient impressionnés par le nombre d'avions qui se trouvaient à l'intérieur.

— Maurice ! Viens ici ! Ce sont les jeunes dont je t'ai parlé.

— Bonjour ! Comme ça, on va en Égypte ?

— Oui ! répondit Asclé.

— Vous êtes chanceux, je passe par là. Je m'en vais en Iran. Voici mon copilote, Gérard.

— Bienvenue, les jeunes !

— Vous êtes très gentils d'accepter de nous emmener, mais nous n'avons pas beaucoup d'argent...

— Je ne vous demande rien. Je rends un service à Daniel.

Les deux compagnons se tournèrent vers le chauffeur.

— Merci !

— Allons, y a pas de quoi ! Et essayez de ne pas vous mettre en danger.

— Promis ! répondit Asclé, les doigts croisés dans son dos.

Maurice leur montra son avion. C'était un Falcon 50 blanc et bleu datant de 1992 et pouvant accueillir à son bord huit ou neuf passagers.

— Nous nous arrêterons pour mettre du carburant en chemin. C'est toujours plate de tomber en panne dans les airs.

Asclé eut comme un malaise.

— Je blague ! Mais ce qui n'est pas une blague, c'est que nous partons tout de suite. Le temps de monter vos valises à l'intérieur.

— Nous n'avons pas de bagages, dit Étienne.

— Eh bien, c'est la première fois que je vois des jeunes qui voyagent aussi léger. Ils devraient tous être comme vous, plaisanta Gérard.

— Ouais, murmura Asclé en pensant que ce n'était pas une très bonne idée.

— Bon, alors montez!

Ils saluèrent Daniel, qui les regarda grimper à bord avant de repartir. Maurice leur montra les parachutes de secours. Il insista pour qu'ils les enfilent et apprennent à bien les attacher. Une fois l'essayage fait, ils purent les enlever. Asclé se sentait maintenant plus en sécurité. Le pilote vérifia que tout était parfait, puis il demanda à la tour de contrôle la permission de se rendre sur la piste de décollage. Au bout de quinze minutes, l'avion prit son envol dans le ciel de Montréal. Maurice était un homme drôle qui adorait faire des blagues, aussi la première partie du voyage vers l'Europe passa-t-elle très rapidement. Gérard ressemblait quant à lui à Maurice, on aurait dit un vieux couple. Les jeunes réussirent à dormir quand même un peu, et la descente vers l'aéroport de Paris les réveilla. Le temps de faire le plein de carburant et ils étaient repartis.

Le ciel était d'un beau bleu azur, et les amoureux purent admirer les paysages magnifiques qui s'étendaient sous l'appareil. Asclé s'informa auprès de Maurice de la durée du vol vers l'Égypte.

— Environ cinq heures! Alors, vous vous sentez prêts?

— On ne le sait pas, répondit Asclé honnêtement. C'est difficile à dire, puisqu'on ne sait pas réellement ce qui nous attend.

— C'est comme ça chaque fois, ajouta Étienne.

— Pour ma part, voyager, c'est la plus belle chose au monde, dit Maurice. Je ne changerais pas de travail même si on m'offrait des millions.

— C'est votre passion? le questionna Asclé.

— Oui, on peut dire ça comme ça. J'étais haut comme trois pommes que je disais déjà à mon père qu'un jour, moi aussi, je volerais dans les airs comme les oiseaux.

Étienne et Asclé se regardèrent en souriant.

— Vous êtes au courant de l'entente que j'ai eue avec Daniel? leur demanda-t-il.

— Non, à vrai dire, tout ça s'est passé tellement rapidement..., répondit Asclé.

— C'est qu'il y a juste un petit détail qu'il faut que je vous mentionne.

Gérard leur fit un clin d'œil.

— Si c'est pour l'argent, ajouta Étienne, je vais m'arranger pour vous payer à mon retour. Je pourrai vous donner un montant par semaine.

— Oh, ne vous en faites pas avec l'argent, de toute façon ça ne me coûtera pas plus cher. Non, la chose, c'est que j'ai eu, il y a quelques années, des petits problèmes avec les autorités égyptiennes. Oh, c'étaient des peccadilles, mais que voulez-vous, eux n'ont pas eu le même point de vue que moi et ils m'ont interdit l'accès à leur pays.

Asclé se rapprocha. Les moteurs de l'avion faisaient un tel vacarme qu'elle croyait n'avoir pas bien entendu. Étienne eut le même réflexe.

— Alors, je ne pourrai pas atterrir à Alexandrie, mais ne vous en faites pas, ce sont de très bons parachutes, et il y a des kilomètres de champs autour de la ville, dit-il à voix haute, en levant son bras pour désigner les sacs que les jeunes avaient essayés plus tôt.

— Quoi ? paniqua Asclé.

— Ce sont des parachutes très faciles à manipuler. Ce n'est plus ce que c'était, ils s'ouvrent instantanément tout seuls, enfin presque tout le temps, s'écria Gérard.

— Bien sûr, ça me fait plaisir de savoir qu'ils s'ouvrent bien! remarqua Étienne. Mais il est totalement hors de question que je saute de cet avion avec une toile comme protection!

— Malheureusement, c'est l'entente que j'ai prise avec Daniel... À moins que vous ne veniez en Iran avec nous.

— Mais voyons, il fallait le dire! Jamais on n'aurait accepté de venir en le sachant! s'écria Étienne, paniqué.

— C'est pour ça que Daniel m'a fait promettre de vous le dire juste un peu avant d'arriver en Égypte.

— Mais oui, mais...

Asclé n'en revenait pas. Elle secouait la tête de droite à gauche, tandis qu'Étienne se frappait la sienne à répétition contre le hublot.

— Dites-moi que je rêve! Dites-moi que je rêve! Je ne veux pas mourir, je suis trop jeune! Non! se lamentait-il.

Asclé reprit le dessus et l'attrapa par l'épaule.

— Bon, puisqu'il le faut, arrête tes enfantillages!

— Non! répondit Étienne. Je ne saute pas! Je m'en vais en Iran!

— Arrête, Étienne! Qu'est-ce que tu irais faire en Iran?

— Je ne le sais pas! Je m'en fous! Il faut être complètement cinglé pour sauter à plus de deux mille mètres d'altitude.

— Tenez! lâcha Maurice. Lisez le manuel, vous sauterez les deux doigts dans le nez!

Étienne fit signe à Asclé que le pilote était complètement fou, mais Asclé l'ignora et attrapa le manuel.

— Ne perdons pas de temps, Étienne.

À cet instant précis, Étienne aurait volontiers vendu son âme au diable pour se retrouver dans une meilleure situation. Est-ce l'image de la Bête qui apparut dans son esprit qui le fit changer d'idée? Il s'obligea à s'intéresser au manuel. «Vraiment! pensa-t-il. Comment peut-on être si inconscient? Laisser deux jeunes sauter en parachute sans aucune expérience.» C'était un pur suicide collectif! Si jamais il s'en sortait vivant, il irait dire sa façon de penser à ce Daniel de malheur.

14

LA PRISON

Je suis seul avec moi. Mon être est ma prison.
Car je demeure, hélas ! ma cause et ma raison.
Mihàly Babits, *Épilogue*

Marianne avait ouvert les yeux lentement. Elle se demandait si le lustre qu'elle voyait au-dessus d'elle la rassurait ou l'effrayait. Elle n'était plus à l'époque des Romains, mais dans un lieu qui lui était complètement inconnu. Les seuls bruits qu'elle entendait étaient le tic-tac d'une horloge et le crépitement d'un feu. Elle se risqua à tourner la tête. Ça ne ressemblait pas du tout à l'endroit où elle se trouvait avant de s'évanouir. Elle était par terre, dans un immense salon, au pied d'un magnifique foyer en pierres. La pièce, meublée de divans en cuir, paraissait richement décorée. D'imposants portraits couvraient les murs et de larges tentures en velours touchaient le sol. Ce ne fut qu'au moment de s'asseoir que Marianne s'aperçut qu'elle portait un bracelet en fer relié à une grosse chaîne en acier. Elle tentait sans succès de glisser son poignet pour se libérer quand une voix la fit sursauter.

— Je serais triste que tu te blesses, Marianne.

La jeune fille se retourna, mais ne vit personne. La voix continua.

— Tu peux faire ce que bon te semble dans la pièce. Tu peux même te rendre jusqu'à la salle de bain. Oh oui, j'oubliais. Je t'ai fait préparer un goûter, au cas où tu aurais faim.

Marianne aperçut sur la table des plateaux de nourriture. Son ventre gargouilla, mais elle n'avait pas du tout envie de manger ce que son kidnappeur lui avait préparé. Elle était certaine que la dernière fois, il l'avait droguée. Des bribes d'images lui apparurent : elle suivait un homme vêtu de noir, on la faisait entrer dans une pièce et boire dans une coupe. Elle chercha l'endroit d'où provenait la voix. Celle-ci semblait sortir des flammes. Elle en eut la chair de poule. Elle n'aimait pas cette pièce, encore moins cette chaîne.

— Pourquoi me retenez-vous prisonnière ?

La voix répondit :

— C'est simple ! Je t'aime. Je t'ai toujours aimée.

Marianne fut abasourdie par cette réponse. Cet homme devait être gravement malade.

Il ne la connaissait pas, alors comment pouvait-il affirmer qu'il l'aimait ?

— Je ne vous connais même pas !

— Mais si, on se connaît, Marianne. On se connaît depuis des centaines d'années.

Marianne se rapprocha des flammes et lança :

— Depuis quand attache-t-on les gens qu'on aime ?

— Je te détacherai dès que tes amis arriveront. Pour l'instant, tu me sers d'appât.

— Moi, un appât ? cria-t-elle. Et vous dites que vous m'aimez ? Je ne vous crois pas.

— Ça ne sert à rien de faire cette petite crise. Tu resteras attachée le temps qu'il faudra. Après tout, tu peux faire tout ce que tu veux. Je t'ai même sorti une sélection de mes livres préférés.

Marianne, en colère, s'approcha des livres en question. Elle en saisit un et revint vers les flammes.

— Détachez-moi immédiatement ou je jette vos livres dans les flammes.

— Quel caractère ! Je t'aime encore plus comme ça ! Si cela te fait plaisir, alors je te permets de les jeter dans le foyer.

Marianne le fit séance tenante. Aussitôt, les flammes dévorèrent les pages des ouvrages.

— Voilà ce que je fais de vos livres préférés ! Je veux ma liberté !

Le sorcier se mit à rire.

— J'aime ta colère et ton élan de rage. Comme on se ressemble tous les deux, ne trouves-tu pas ?

Marianne courut jusqu'à la salle de bain et elle tenta d'en claquer la porte, mais la chaîne l'empêchait de bien la fermer. Elle donna donc un coup de pied et le regretta aussitôt. Une douleur irradia dans son gros orteil. Elle cria :

— AHHHHHHHHHHHH ! Je veux sortir !

Personne ne lui répondit. Elle s'assit sur le bol des toilettes pour réfléchir. Où étaient les autres et que faisaient-ils ? Jamais elle n'aurait pu se douter que dans les caves de ce manoir étaient enfermées Marie-Rose et Doña Paz. Ses amis pourraient-ils venir la chercher sans se faire prendre ? Elle se sentait si seule, si vulnérable. Elle repensait à ce que la voix lui avait dit. Apparemment, elle la connaissait, mais depuis quand ? Une centaine d'années ? En cherchant à le savoir, elle replongea dans son ancienne vie.

Octavie, alias Marianne, commençait à s'habituer à la présence de Marc-Antoine. Après tout, elle n'avait qu'à se convaincre qu'il s'agissait de Robin. Elle n'avait pas beaucoup connu ce dernier, car il avait les yeux rivés sur Asclé. C'est à peine s'il l'avait remarquée sur le bateau. Mais dans cette vie-ci, elle se surprit à donner le bras à Marc-Antoine. Le commandant s'en sentit fier. Tout autour d'eux, des marchands criaient, tentant de retenir leur attention. Marc-Antoine se rapprocha d'une vendeuse de fleurs. Il offrit un bouquet à Octavie.

— Tiens, ceci est pour toi. Prends-le comme preuve de mon engagement envers toi !

Marianne, émue, le remercia. Sortant d'un abri, un homme caché sous le capuchon d'une bure s'approcha alors d'eux. Quelques mois auparavant, il avait réussi à s'enfuir du cachot où il avait été enfermé par Jules César. Il observa Octavie. C'était la première fois qu'il voyait une jeune femme aussi attirante. Il eut pour elle un coup de foudre, ce qui ne lui était jamais arrivé auparavant. Mais les pierres l'avaient prédit. Il voulut lui proposer de lui lire son avenir.

— Permettez, jeune femme ! Je peux prédire l'avenir. Laissez-moi vous offrir ce présent.

Elle accepta en souriant.

— Bien, dites-moi tout !

L'homme sortit de vieilles cartes d'un sac en toile qui pendait à sa ceinture.

— Prenez-en une !

La jeune femme s'exécuta et retourna une carte. Puis, le mage lui demanda d'en choisir deux autres. Il plissa le front.

— L'homme qui vous accompagne ne vous aimera pas longtemps. Il vous fera du mal.

Puis, le mage rangea ses cartes et dit à la jeune femme :

— Venez plutôt avec moi. Moi, je vous aimerai au-delà de l'éternité. Les entités me l'ont dit, vous êtes à moi ! Venez !

Et il tenta de saisir sa main. Aussitôt, Octavie recula. Cet homme la mettait mal à l'aise. Marc-Antoine se plaça devant elle et chassa le mage en le menaçant.

— Passe ton chemin, sinon tu goûteras du poignard, charlatan !

— Je ne te parlais pas, pion.

— Comment oses-tu t'en prendre à un commandant de César ? Je vais te le faire payer de ta vie.

Marianne cria :

— Non ! Ne lui faites pas de mal !

Marc-Antoine tenait par le cou le mage, qui suffoquait.

— Lâchez-le, je vous en prie ! Relâchez-le, vous l'étranglez !

Le commandant, qui ne voulait pas déplaire à sa douce, le relâcha contre son gré[25].

— Tu as de la chance de t'en sortir comme ça. Mais si jamais tu recroises mon chemin, tu ne repartiras pas vivant.

Le mage, souffrant et en colère, le toisa d'un air mauvais.

— Ta vie sera remplie de souffrance, et toi, Octavie, si tu l'épouses, tu ressentiras la brûlure de la trahison d'un mari envers sa femme. Il ne te respectera pas, puisqu'il est incapable de se respecter lui-même.

Sur ces paroles, le mage cracha aux pieds du légionnaire.

— Pars ! ordonna Marc-Antoine. Sinon, je te tue sur-le-champ.

Le mage partit sans se retourner. Octavie se colla contre Marc-Antoine, qui la rassura.

— Ce n'est rien, les rues sont remplies de fous. Il vaut mieux sortir en étant accompagnée.

---

[25] En dépit de.

Quand elle ouvrit les yeux, Marianne était étendue sur un des divans en cuir. Elle frissonna à l'idée que ce soit l'homme de sa vie antérieure qui l'ait déplacée jusque dans cette pièce. C'était donc ce mage qui la gardait prisonnière !

— Tu as deviné, chère Marianne, dit l'homme qui se tenait derrière elle. Je t'ai déplacée de la misérable demeure où tu étais, jusqu'à ce magnifique manoir. Il faudra bien que tu trouves un moyen de me remercier.

Et il éclata de rire.

15

L'AVION DE MAURICE

La vie est un voyage en parachute.
Vicente Huidobro, *Altazor*

L'avion de Maurice amorça sa descente. On pouvait apercevoir Alexandrie au loin. Gérard, le copilote, dit aux deux adolescents :

— Préparez-vous, les jeunes ! À mon signal, vous ouvrirez la porte !

Étienne, qui n'allait jamais à l'église, fit tout de même un signe de croix.

— Pourquoi ma vie ressemble-t-elle à un cauchemar permanent ? se désola-t-il.

— Allez ! C'est maintenant le temps d'ouvrir la porte ! ordonna Gérard.

Étienne s'en approcha. Sur celle-ci, on pouvait lire : « N'ouvrir qu'une fois l'appareil à l'arrêt. » Il montra à Asclé l'étiquette portant l'inscription. Elle haussa les épaules.

— Il y a des jours comme ça, Étienne !

Asclé dut prêter main-forte à son compagnon pour réussir à ouvrir la porte en accordéon. Une fois celle-ci ouverte, le vent s'engouffra dans l'appareil. Le cœur des jeunes se mit à accélérer quand ils aperçurent le sol, loin sous l'avion.

— Au risque de me répéter, c'est un véritable suicide, Asclé, dit Étienne.

— Il faut se faire confiance !

— Allez, les jeunes ! Vous y arriverez. Essayez simplement de tomber sur le sol et non sur un poteau électrique ou un arbre, recommanda Gérard.

— Vous réussirez ! ajouta Maurice.

— Quel conseil ! s'écria Étienne.

— Merci pour le voyage, dit la jeune fille.

— Y a pas de quoi. Soyez assurés que, si ça n'avait été de mon interdiction à atterrir, je serais allé vous déposer au sol.

Étienne grimaça en marmonnant quelque chose d'incompréhensible. Les deux compagnons ajustèrent les lunettes de leur équipement.

— Quand la lumière sera verte, sautez, d'accord ? Vous ne devrez pas attendre. Bonne chance !

L'avion se stabilisa et la lumière de l'appareil vira au vert. Étienne ne se décidait pas à sauter, mais il vit Asclé plonger dans le vide, la tête en bas.

— Asclé! Non! Attends-moi!

Et il s'élança à la suite de sa copine. Gérard referma la porte de l'avion.

— J'espère qu'ils réussiront… Ce serait un véritable exploit!

Maurice secoua la tête.

— Ils sont jeunes et téméraires. Ils y arriveront.

Les premières secondes, Asclé et Étienne eurent de la difficulté à se contrôler. L'univers semblait valser autour d'eux. Puis, ils descendirent sur le ventre en chute libre. La vitesse était grisante. Ils sentirent alors leur parachute s'ouvrir, ce qui les projeta dans les airs. Ils attrapèrent les poignées de direction et purent un peu se relaxer. Asclé était subjuguée par le paysage qu'elle découvrait sous ses pieds. Elle n'avait jamais rien vu de si beau, c'était tout simplement surréaliste. Étienne, trop préoccupé par l'idée de s'écraser sur un arbre, n'arrivait pas à se laisser toucher par quoi que ce soit. Le sol se rapprochait de plus en plus. Ils n'avaient aucune idée de la manière dont ils devraient atterrir. Aussi, Asclé rebondit-elle à quelques reprises avant de tomber à genoux, tandis qu'Étienne fit une pirouette spectaculaire.

Dommage que personne ne vît cela. Reprenant leur souffle, ils restèrent quelques minutes couchés sur le dos, reconnaissants d'être encore en vie. Puis, ils se regardèrent :

— Ça va, Étienne ?

— Mmmmmmouais !

Asclé lui sourit.

— On a réussi.

— Mouais !

— Allez, monsieur Boubou ! Souris-moi !

Étienne ne put résister à sa copine. Il se leva. Il avait l'air d'un astronaute. Il réussit à se défaire de ses cordes et alla aider Asclé. Ils avaient atterri en plein milieu d'un champ de blé, juste à côté d'un grand arbre.

— Quelle chance de ne pas être tombés dessus ! se réjouit Asclé.

— Et maintenant, on est en pays étranger sans visa. Et on ne sait pas où aller, en plus, bougonna Étienne. Quelle chance, comme tu le dis !

À ces mots, Isis leur apparut dans toute sa splendeur.

— Bien joué ! Les dieux sont impressionnés par vos exploits.

— Merci ! C'était très facile, mentit Étienne.

Asclé lui donna un coup de coude.

— Farceur, va !

Ils se mirent à rire.

— Avez-vous toujours le message écrit en hiéroglyphes avec vous ?

— Oh non ! Je l'ai oublié à Montréal ! se moqua Étienne.

Asclé regarda son copain comme si elle avait envie de lui tordre le cou.

— C'est une blague ! lâcha Étienne, en fouillant dans ses poches et en en sortant le calque.

— Tu sais que tu n'es pas toujours drôle !

— Très bien ! les interrompit la déesse. Je vous conduis à la maison d'un archéologue, le docteur Lapierre. Il habite Alexandrie depuis plusieurs années. Il fait des fouilles d'urgence et a réalisé des découvertes extraordinaires sur la vie des Égyptiens.

— Venez-vous avec nous ? demanda Asclé.

— Oui, mais je ne pourrai pas marcher à vos côtés.

— Mais comment allez-vous nous guider ? répliqua-t-elle.

— Mon esprit sera à l'intérieur d'un faucon que vous croiserez sur la route. Chaque fois que vous verrez cet oiseau, suivez-le, il vous indiquera le chemin à suivre. Je vous laisse.

— Euh ! Un instant ! dit Étienne.

Mais Isis avait déjà disparu.

— Un oiseau, maintenant..., maugréa Étienne.

— Bon, eh bien, de quel côté allons-nous ? dit Asclé.

Aussitôt, ils virent un faucon prendre son envol en direction de la ville.

— Je parierais que c'est par là ! lança Étienne.

— Quelle clairvoyance, mon amour !

— Asclé !

— Quoi ?

— Je t'aime...

Asclé, touchée par ces paroles, se rapprocha de lui et l'embrassa. Puis, elle lui murmura à l'oreille :

— On doit y aller !

— Oui, ma douce, partons nous faire torturer comme tu l'aimes tant.

— Arrête, Étienne Hénault !

Il lui sourit, et les deux amoureux se mirent à marcher côte à côte. Ils traversèrent le champ et arrivèrent à une route secondaire. Ils regardèrent de tous les côtés, mais ils ne repérèrent pas l'oiseau. Le bruit d'un véhicule les fit se retourner. Le camion s'arrêta à leur hauteur. Son conducteur en descendit la vitre.

— Voulez-vous que je vous emmène en ville ?

Le bruit d'un oiseau volant dans la direction qu'avait prise le véhicule attira leur attention.

— D'accord ! répondit Étienne.

— Montez dans la boîte arrière, alors.

— Merci !

Étienne s'en alla à l'arrière du camion, monta le premier dans la benne, puis aida sa copine à grimper. Le véhicule se remit en route et les déposa aux portes de la ville. Les jeunes remercièrent le conducteur, qui les salua de la main en les laissant devant la vitrine d'un restaurant. En levant la tête, Asclé remarqua que le faucon s'était posé sur l'auvent de l'établissement.

— Ça m'a l'air d'un restaurant français.

— « Aux quatre fourchettes ». Je ne vois pas ce qui te fait dire ça, la taquina Étienne.

— Si on y entrait, histoire de demander s'ils connaissent le docteur Lapierre ?

— Je te suis.

Étienne ouvrit la porte et s'effaça devant sa copine. Asclé en fut surprise.

— Les voyages te rendent galant, toi !

Il lui fit un clin d'œil. L'intérieur du restaurant était modeste. Une dizaine de tables étaient disposées au centre de la pièce, et quelques banquettes longeaient le mur de côté. On pouvait lire sur une ardoise : « Bienvenue » et « Menu du jour ». Aucun client n'était assis dans le restaurant. Une vieille femme sortant des toilettes parut surprise de voir les deux jeunes.

— On n'est pas encore ouvert. L'horaire est accroché sur la porte.

Asclé eut quelques difficultés à comprendre son français, mais elle répondit.

— Bonjour ! On ne vient pas pour manger.

— Je ne donne rien ! lança sèchement la restauratrice.

— On veut tout simplement savoir si vous savez où nous pouvons rencontrer le docteur Lapierre. Il est archéologue.

— Je sais que le docteur Lapierre est archéologue. Que lui voulez-vous ?

Asclé et Étienne se regardèrent. Cette femme n'était pas très sympathique.

La jeune fille continua :

— Nous avons besoin de lui parler. Nous voudrions faire traduire des hiéroglyphes que nous avons trouvés.

— Il ne fait pas ça ! lança la femme.

Du fond de la pièce sortit alors un vieil homme chauve portant des lunettes.

— Qui est-ce, Amandine ?

— Des jeunes !

— Bonjour, jeunes gens ! dit l'homme, qui était beaucoup plus sympathique que sa femme.

La restauratrice leva les bras en l'air et s'en alla à l'arrière du restaurant en pestant. Étienne poursuivit.

— Nous cherchons le docteur Lapierre, l'archéologue.

L'homme s'approcha.

— C'est moi ! Excusez ma femme. Je lui ai promis de prendre deux semaines de vacances et de l'aider dans son restaurant, alors vous comprenez qu'en vous voyant, elle était fâchée. Elle sait que je suis incapable de dire non à qui que ce soit.

— Nous en sommes désolés, dit Asclé, qui comprenait maintenant le mauvais accueil qu'ils avaient reçu.

— Comment avez-vous eu mon nom ?

Les jeunes se regardèrent, Asclé inventa un mensonge.

— Nous avons lu un article sur vous.

— Ah oui ! On ne s'imagine pas que les gens puissent s'intéresser à ce qui nous passionne.

Moi, l'archéologie, c'est toute ma vie. Mais assoyez-vous…

— Merci!

— Prendriez-vous un sandwich?

Les ventres qui gargouillaient devancèrent toute réponse.

— Attendez-moi ici quelques instants, je reviens.

Il partit tout au plus deux minutes et revint avec un plateau de charcuterie et de fromage, accompagné d'une baguette de pain. Asclé et Étienne le remercièrent chaleureusement.

— Alors, qu'avez-vous trouvé qui requière mes services?

Étienne sortit de sa poche le calque de hiéroglyphes.

— Voyons voir, dit le vieil homme en ajustant ses lunettes.

— Vous êtes capable de déchiffrer ces symboles?

— Oui, évidemment, c'est très simple. Il s'agit de Sérapéum.

— Même si j'avais réussi à le déchiffrer, je n'aurais rien compris, avoua Étienne.

— En fait, expliqua l'archéologue, le Sérapéum faisait partie de la fameuse biblio-thèque d'Alexandrie. Vous savez, à l'époque de Cléopâtre, elle était déjà légendaire. Quand la pharaonne revint au bras de César dans la ville, le peuple – alimenté par la calomnie d'Achillas et de ses hommes – se souleva et une émeute éclata. C'est alors que César et Cléopâtre se retranchèrent dans leur palais avec Ptolémée pris en otage. Entouré de toute part, César décida de faire brûler ses vaisseaux, pour éviter que ses opposants en bénéficient. Mais vous devinez la suite... Le feu se répandit sur les quais, pour finalement atteindre la grande bibliothèque. On sait qu'elle ne brûla pas en entier, plusieurs écrits sont formels à ce sujet. Et on sait aussi que Marc-Antoine...

— Marc-Antoine ? Qui est Marc-Antoine ? demanda Étienne.

— Marc-Antoine devint l'amant de Cléopâtre après l'assassinat de Jules César.

Des gouttes de sueur perlèrent sur le front d'Étienne. Il allait être tué et, en plus, quelqu'un d'autre allait devenir le copain de Cléopâtre ! Asclé, qui sentait l'angoisse de son amoureux, posa sa main gauche sur la sienne.

— Eh bien, on sait que Marc-Antoine offrit plus de 200 000 livres qu'il prit à Pergame[26] pour restaurer la grande bibliothèque. À partir

---

[26] Ancienne ville d'Asie Mineure.

du IVᵉ siècle, nous ne retrouvons plus la trace de cette bibliothèque. A-t-elle été démolie par les guerres ou par des tremblements de terre ? Nous ne le saurons peut-être jamais.

— Est-ce que l'ancien Sérapéum se trouve au même endroit que la bibliothèque actuelle ? demanda Asclé.

— On ne le croit pas, en fait. Je ne sais pas si c'est mon article que vous avez lu, mais je pense avoir découvert l'entrée d'une annexe de l'ancien Sérapéum.

— Fascinant ! lança Asclé.

— Ce qui me fascine, ce sont vos superbes boucles d'oreilles en or. Pourrais-je les voir de plus près ?

En touchant ses oreilles, Asclé reçut comme un coup au cœur. Les boucles d'oreilles étaient réapparues. Le mauvais sort allait donc continuer. Étienne ne tarderait pas non plus à se transformer. Que pouvaient-ils faire ?

Les deux adolescents se regardèrent. Pouvaient-ils faire confiance au docteur Lapierre ?

16

LE PACTE DU DIABLE

Les anges ont aussi leurs diables,
et les diables leurs anges.
Stanislaw Jerzy, *Nouvelles pensées échevelées*

Marie-Rose avait enlevé sa veste et l'avait mise sous la tête de Doña Paz. Jusqu'à maintenant, elles n'avaient pris que quelques gorgées d'eau, car elles voulaient étirer au maximum leurs chances de survie. Marie-Rose s'avança vers les rayons de livres. Il y avait des sections entièrement consacrées à l'Égypte. Son attention fut attirée par un livre qui lui paraissait très ancien. En l'ouvrant, elle vit que des feuilles de parchemin reposaient dans différentes pochettes. Sur la première d'entre elles, on pouvait lire : « Plans de l'ancienne Alexandrie ».

Délicatement, Marie-Rose se rendit vers la table et sortit les feuilles. Elles correspondaient aux plans de chacune des citernes qui avaient servi à fournir en eau toute la ville. Et il y avait aussi ceux de l'ancien palais, de la nécropole[27], des temples et du phare. Mais à l'index, où aurait dû figurer le plan du Sérapéum, la

---

[27] Ensemble de sépultures dans l'Antiquité.

pochette était vide. Marie-Rose alla reporter le livre sur les tablettes. Cela ne lui apprenait rien. Or, elle devait trouver le moyen de se sortir de là. Elle espérait qu'une section du mur, tout comme dans les films, s'ouvrirait et les mènerait, son amie et elle, à l'extérieur. Mais en vain... Aucun bruit ne provenait du dehors ni même de la maison. Marie-Rose sentait le découragement l'envahir quand une voix lui souffla :

— On s'ennuie ?

La vieille femme leva les yeux, mais ne vit personne.

— Non, vous ne me verrez pas. Je voudrais bien apparaître devant vous, mais je ne suis pas présentable.

— Laissez-nous partir. Que représentent pour vous deux vieilles ? Nous ne sommes pas vraiment des menaces.

La Bête se mit à rire.

— Vous me divertissez.

— Vous prenez plaisir à nous garder prisonnières, par l'intermédiaire de votre sorcier.

— Faire le mal me divertit. Que voulez-vous, chacun ses loisirs ! Au fait, je pensais que vous pourriez peut-être me rejoindre. Pourquoi ne pas me vendre votre âme ?

— Quoi ? Jamais !

— Dommage ! On aurait pu s'amuser ensemble. Vous êtes de vieilles peaux, mais vous êtes astucieuses.

— Comment osez-vous ?

— Hé ! Mémé ! Si vous pensez que je vous manque de respect, vous n'avez encore rien vu. Oh, j'ai un peu froid.

— J'imagine que l'enfer vous manque, s'indigna Marie-Rose.

— Oui, probablement, alors pourquoi ne pas recréer un semblant de chaleur humaine ?

Aussitôt, les conduits du système de chauffage crachèrent de la chaleur. L'air devint suffocant.

— Ah ! C'est beaucoup mieux. Ne trouvez-vous pas, ma chère Marie-Rose ?

— Baissez ce chauffage !

— Tut, tut, tut ! Voyons, voyons ! Vous êtes vieilles ! Et les vieilles, elles meurent de froid. Je manquerais donc de savoir-vivre si je ne vous réchauffais pas, alors je vous souhaite une bonne nuit !

— Vous ne pouvez pas !

— Mais voyons, considérez-moi comme un être chaleureux ! Vous avez un contrat sur la table. Si vous le signez de votre sang, vous serez sûrement encore en vie demain, sinon cela aura été un plaisir de vous avoir connues. Que dis-je ? Je n'ai pas été heureux de vous connaître, mais ça ne change rien... J'imagine qu'il en est de même pour vous, alors pas besoin de fausse formule de politesse.

Et la Bête continua à rire. Des gouttes de sueur coulaient le long des tempes des deux amies. Elles burent le reste de l'eau pour ne pas mourir de soif. Maintenant, le pichet était vide, et le contrat de vente de leur âme au diable trônait sur la table. Elles se préparèrent donc à mourir. Jamais, au grand jamais, elles n'accepteraient pareil pacte.

17

LA NOURRITURE EMPOISONNÉE

Le venin insidieux du passé se mêle
au présent et l'empoisonne.
Moses Isegawa, *Chroniques abyssiniennes*

Marianne regardait la nourriture posée sur la table. Elle n'était plus capable de résister, elle avait trop faim. Elle prit un beignet et croqua avidement dedans, puis se servit un verre de jus. Aussitôt, elle retomba dans son autre vie.

Quand elle ouvrit les yeux, les murs de pierres qu'elle avait déjà vus lui réapparurent comme un mauvais sort. Elle était encore une fois dans la cuisine romaine. Elle courut vers la fenêtre. « Non ! Pas ça ! » pensa-t-elle.

Son frère Octave entra dans la maison.

— C'est le grand jour, sœurette !

— Quel jour ?

— Ne fais pas l'idiote ! C'est le jour de ton mariage, enfin !

— Quoi ? Aujourd'hui ?

Octave s'approcha de sa sœur et lui mit la main sur l'épaule.

— J'espère que tu me pardonneras ce mariage stratégique. De toute façon, Marc-Antoine a l'air de te plaire, et comme sa femme Flavie vient de mourir...

— Mais...

— Notre mère s'en vient. C'est elle qui te préparera. J'irai voir Marc-Antoine pour savoir où il en est.

Marianne se laissa choir sur une chaise. Elle ne savait pas du tout comment se comporter.

— Octavie ! Octavie !

Elle sortit de ses rêveries et se rendit compte qu'Octave lui parlait encore.

— Je dirai à mère qu'elle prépare des sels, au cas où tu ne te sentirais pas bien.

Elle hocha la tête. C'est tout ce qu'elle se sentait capable de faire. Après tout, elle ne pouvait pas s'opposer à la décision de son frère. Elle souhaitait juste qu'un miracle se produise... et c'est ce qui arriva. La femme qui poussa la porte de la maison n'était nulle autre que Marie-Rose. Marianne se leva d'un bond, le sourire aux lèvres.

— Bon, je suis content de voir notre mère te rendre ton sourire. J'avais peur que tu ne fasses une tête d'enterrement à ton mariage.

— Bonjour, les enfants ! Octavie !

Elle alla embrasser Marianne, qui la dévisageait sans savoir si la vieille dame la reconnaissait. Mais le fait de la savoir à ses côtés lui redonnait du courage. Quand Marie-Rose la prit dans ses bras, elle lui murmura à l'oreille :

— Ne t'en fais pas, cela va bien se passer.

Marianne, confuse, se demandait si elle parlait de son mariage ou du déroulement de son histoire.

— Bon, je vous laisse.

Octave alla embrasser sa mère avant de quitter la maison. Quand il eut refermé la porte, la vieille regarda Marianne et lui dit :

— Tu es jeune, tu t'en sortiras. Par contre, moi, je suis sur le point de quitter la Terre.

Le cœur de Marianne bondit tout d'abord de joie dans sa poitrine, mais à la fin de la phrase, ses yeux se remplirent de larmes.

— Non ! C'est impossible ! Vous ne pouvez pas mourir !

— Allons ! Tout le monde meurt, et c'est beaucoup moins triste quand c'est une vieille comme moi qui part.

— Ne dites pas ça !

Marianne courut se jeter dans les bras de son amie et la serra très fort.

— Je ne sais pas si je pourrai tenir le coup pendant toute la cérémonie de ton mariage. J'en suis désolée.

— Non, je vais tout faire pour empêcher que cela arrive !

— Il est trop tard, jeune fille. On n'y peut rien...

Marianne regarda Marie-Rose.

— Et Doña Paz ?

La jeune fille avait posé la question, mais elle ne voulait pas entendre la réponse qu'elle pressentait. La vieille posa son regard tendre sur Marianne.

— Elle m'attend... Elle est déjà décédée...

— Quoi ? Non ! Non ! cria Marianne. C'est impossible ! Non !

Elle se mit à pleurer toutes les larmes de son corps.

— Marianne, ressaisis-toi ! Ainsi va la vie. Nous venons y apprendre des leçons et, ensuite, nous repartons pour mieux... revenir.

— Je n'ai même pas pu lui dire au revoir, hoqueta de chagrin la jeune fille.

Marie-Rose la serra encore une fois contre son cœur.

— Tu pourras toujours lui parler.

— Oui, mais elle ne pourra pas me répondre.

— Écoute au fond de ton cœur, tu y puiseras le courage et la force d'affronter la vie. Maintenant, je dois t'aider à te préparer pour ton mariage.

Marianne s'essuya les yeux.

— Comment avez-vous réussi à garder la conscience de votre dernière vie ?

— C'était mon dernier souhait, et la Bête a accepté en pensant que cela me ferait encore plus souffrir. Dans un sens, elle avait raison, mais, d'un autre côté, je sais au moins que tu auras reçu un dernier réconfort.

— Je vous aime, Marie-Rose !

— Moi aussi ! Allez, il faut se dépêcher ! Quand ton frère arrivera, il devra te trouver prête.

— Marc-Antoine, je l'ai reconnu.

— Oui, mais n'oublie pas que lui ne le sait pas.

— Et si je le lui disais, il pourrait comprendre ?

— Je ne le sais pas. Viens !

Marie-Rose guida Marianne vers la chambre, où elle la revêtit de sa robe nuptiale. C'était une magnifique robe blanche brodée de fleurs. Ensuite, elle posa le voile sur la tête de Marianne et y déposa une couronne de fleurs d'oranger comme le voulait la coutume à cette époque.

Le sorcier ramassa le corps de Marianne et alla le déposer sur le fauteuil. La drogue avait fait effet, elle délirait. Il ne put s'empêcher de lui voler un baiser. Puis, il prit la clé et se dirigea vers le sous-sol. Une chaleur étouffante s'échappa de la pièce lorsqu'il en ouvrit la porte. Il descendit l'escalier. Aucun bruit ne lui parvenait. Enfin, ces deux vieilles folles ne lui mettraient plus de bâtons dans les roues. Il s'approcha de la Mexicaine qui avait un air cadavérique. Elle ne respirait plus. Il s'empara du corps qui avait déjà figé et décida de s'en débarrasser. Il jeta ensuite un œil à Marie-Rose. Elle respirait par saccades. Dans quelques heures tout au plus, elle serait elle aussi éliminée du jeu. La partie allait bon train, et il pouvait dire qu'il avait une bonne avance. Il ne restait plus que cette Isis de malheur, que même Satan ne pourrait pas tuer. Mais elle ne pouvait pas toujours être auprès de ses protégés, donc il observerait ses déplacements et malheur si elle venait à s'absenter ! Il éclata de rire en transportant le corps inanimé de la vieille dame.

18

L'AIDE DE L'ARCHÉOLOGUE

Pour aider quelqu'un, l'aider vraiment,
il faut prendre des risques,
mettre sa tranquillité en danger.
Dominique Muller, *Les filles prodigues*

Asclé et Étienne avaient décidé de faire confiance à l'archéologue. De toute manière, c'était probablement leur seule chance de trouver ce qu'ils cherchaient… si seulement ils pouvaient savoir ce dont il s'agissait exactement. Ils tentèrent de s'expliquer de leur mieux. Ils crurent déceler du scepticisme sur le visage du docteur Lapierre quand ils racontèrent qu'ils retournaient dans des vies antérieures, mais ils passèrent par-dessus ce détail et continuèrent à lui raconter toute leur histoire.

— Si je comprends bien ce que vous êtes en train de m'expliquer, vous, jeune homme, auriez été Jules César et vous, Asclé, Cléopâtre, c'est bien ça ?

Un silence s'abattit sur le petit restaurant. Leur récit paraissait évidemment insensé, mais ni Étienne ni Asclé ne pouvaient faire autrement que raconter ce qu'ils avaient vécu. Asclé soupira.

— Vous savez, même en retournant moi-même dans d'autres vies, j'ai de la difficulté à trouver tout cela plausible, alors je peux très bien imaginer que vous ne nous croyiez pas.

— Que je vous croie ou non a peu d'importance, puisque vous me demandez mon aide pour retrouver le Sérapéum. J'avoue que vous possédez des informations incroyables pour des jeunes de votre âge. Des étudiants en maîtrise ne connaîtraient probablement pas la moitié de ce que vous savez. Mais de là à croire que vous retournez à cette époque, j'en doute. Et ce qui m'intrigue le plus, c'est l'apparition de la déesse Isis. Vous savez qu'elle est souvent représentée par un faucon ou encore une crécerelle[28], alors... votre histoire est fascinante. À moins que...

— Que? répéta Asclé.

— Je sais, vous devez être en train de me piéger pour la télévision. Vous êtes de l'émission *Surprise sur prise*, c'est ça?

— Non! lâcha Asclé, abasourdie.

— Allez! Vous pouvez me le dire, maintenant que vous m'avez bien eu.

---

[28] Petit oiseau de proie ressemblant à un faucon.

— On ne vous a pas eu du tout, rétorqua Étienne. Tout ce que l'on vous a raconté, c'est notre histoire, notre réalité. Et si vous nous gardez avec vous encore un peu, vous verrez que je me transformerai en Jules César.

L'homme se gratta le crâne, puis réajusta ses lunettes.

— Attendez-moi ici ! Je reviens.

Les deux jeunes se regardèrent. Ils étaient inquiets. Comment cette histoire allait-elle se terminer ? L'archéologue revint avec une feuille dans les mains. Il s'assit à une table et invita les deux jeunes à faire de même.

— Ceci est le plan qu'on a retrouvé du Sérapéum.

— Mais si vous avez un plan, comment se fait-il que vous le cherchiez toujours ?

— L'endroit qu'indique ce document est surmonté d'un gratte-ciel, ou plutôt d'une tour de bureaux d'une multinationale qui se nomme Empire Compagnie.

— Alors pas question qu'ils vous laissent la démolir, c'est ca ?

— Jamais je n'aurais demandé qu'on la démolisse pour les fouilles. Néanmoins, je suis quand même allé les voir et j'ai essayé de leur parler.

— Comment ? demanda Asclé.

— La base de leur immeuble est très très vaste, et ses fondations sont très solides, alors j'aurais aimé qu'ils m'accordent la permission d'ouvrir un simple petit carré de deux mètres cubes. Mais ils ont refusé.

— Alors, vous êtes certain que l'ancienne bibliothèque se trouve sous ce bâtiment ?

— Non, certain, je ne le suis pas. Car pour l'être, il faudrait qu'on m'accorde l'autorisation d'aller voir.

— Mais puisque vous avez le plan ! insista Étienne.

— Les plans sont des symboles. Parfois, ils représentent l'endroit exact, parfois non. Il y a des gens qui ne sont pas du tout intéressés par l'histoire. Tout ce qui compte pour eux, c'est de faire de l'argent. Ils détruiraient des trésors architecturaux ou pilleraient des tombes pour s'en mettre plein les poches.

Asclé réfléchit.

— Est-il difficile d'accéder à ce sous-sol ?

— Bien, comme il s'agit d'une compagnie importante, elle engage des gardes de sécurité. N'entre pas qui veut dans ce bâtiment.

— Et si on y allait de nuit? demanda-t-elle. Il y aurait probablement un peu moins de risques de se faire prendre.

— Vous me paraissez bien téméraires[29], jeunes gens.

« Vous n'avez encore rien vu », pensa Asclé. Le docteur Lapierre se gratta encore la tête et plissa les yeux.

— Si ce que vous me dites est vrai et que je vous vois vous métamorphoser devant moi, eh bien, j'obéirai à Cléopâtre. Apparemment, on ne pouvait rien lui refuser, dit-il en souriant.

— Vous êtes sérieux?

L'archéologue répliqua :

— Bien sûr, car je pense qu'il y a très peu de risques que cette proposition devienne une réalité.

Étienne sentit soudain de l'air frais sur ses jambes et s'aperçut qu'il portait de nouveau la tunique de César. Il se leva donc en disant :

— Eh bien, quand partons-nous, docteur?

L'archéologue resta bouche bée. Jamais il n'avait vu une chose pareille se produire. Sur le moment, il crut être victime d'une hallucination, mais Asclé le rassura :

---

[29] Audacieux, qui fait preuve d'une imprudente hardiesse.

— Tout ça est vrai, docteur.

— Ça ne se peut pas. Il n'y a aucune logique à tout ça.

— Je sais, n'empêche que c'est notre réalité. Nous devons à tout prix retrouver cette bibliothèque.

— Une fois sur place, qu'y chercherez-vous ?

— Ça, nous ne le savons pas encore, répondit Étienne, mais...

En disant ces mots, il retomba avec Asclé dans leur ancienne vie en 44 av. J.-C. Le docteur Lapierre eut à peine le temps d'en étendre un par terre que l'autre s'évanouissait.

— Amandine ! Amandine ! J'ai besoin de toi !

Étienne et Asclé avaient replongé dans le passé.

— *Ne pars pas tout de suite pour Rome, supplia Cléopâtre.*

— *Je reviendrai très bientôt ! Et tu dois te nourrir, même en mon absence.*

À l'annonce du départ de son amant, Cléopâtre avait perdu l'appétit. Elle s'était amaigrie au fil des semaines, jusqu'à ce que toute énergie ait fui son corps.

— *Ton fils doit te voir*, dit la jeune souveraine.

Cléopâtre tenait près d'elle Ptolémée César, âgé de trois ans.

— *Papa!*

César s'approcha de son enfant et s'agenouilla devant lui. Il lui caressa les cheveux et l'embrassa sur le front sans rien dire.

— *Ne crains-tu pas pour ta vie?* demanda la pharaonne.

— *Mais non. Un soldat ne craint pas pour sa vie, mais pour ses terres. Et c'est pour mieux me faire respecter de mes troupes et de la populace que je dois retourner là-bas.*

— *Soit! Comme tu veux! Mais je pressens du danger. Peut-être est-ce mon cœur de mère qui parle.*

— *Ou encore les prédictions farfelues de ce mage tordu qui s'est échappé de sa cellule.*

— *Comment a-t-il fait?*

— *Je n'en ai aucune idée, mais quoi qu'il en soit, il ne faut pas t'en faire... Je t'aime.*

Jules s'approcha de Cléopâtre et déposa un baiser sur ses lèvres. Puis, il appela ses gardes.

— *Préparez mes chevaux!*

Le garde entra en saluant César:

— Ave, César. C'est fait.

— Très bien !

— Le navire t'attend.

— J'arrive.

— Jules ! s'écria Cléopâtre dans un dernier regain d'énergie.

Il se retourna.

— Fais attention à toi !

Il hocha la tête et partit. Il sortit du palais, puis décida contre toute attente d'y retourner. Il se rua dans la salle où il avait laissé sa compagne et son fils. Il la trouva dans la même position. Une larme avait roulé le long de sa joue. Pris de remords, il se jeta à ses pieds.

— Accepterais-tu de venir avec moi ? demanda-t-il à la pharaonne.

— À Rome ?

— Oui, à Rome ! À mes côtés !

— N'as-tu pas peur de la réaction de tes opposants ? Ils monteront sûrement le peuple contre moi.

— Mes ennemis sont trop peureux pour s'en prendre directement à moi ou à toi.

— Alors, c'est d'accord, j'accepte. On part, petit César ! On va suivre ton papa.

L'enfant, qu'on appelait aussi Césarion, se réjouit en frappant dans ses mains.

— Charmian! appela la souveraine.

— Oui!

— Prépare nos bagages! Nous partons pour Rome. Nous sommes déjà en retard.

— Oh! Oui, Altesse.

— Et occupe-toi du petit!

— Oui! Viens, Ptolémée!

Le garçon suivit la servante en sautillant et en scandant: «Je m'en vais à Rome! Je m'en vais à Rome!»

LE MAL

Le bien et le mal attendent l'homme au sortir
de l'enfance : celui qui choisit le mal est en fuite
de l'homme, celui qui choisit le bien est sur
le chemin de sa libération !
Pierre Billon, *Le livre de seul*

Marianne, les yeux fermés, se lamentait sur le divan. Des gouttes de sueur collaient de longues mèches de cheveux sur son visage rougi par l'émotion. Son esprit tentait de reprendre le dessus, mais elle restait enfermée dans l'autre monde, emmurée dans un autre temps.

Une fois la robe nuptiale revêtue, Marie-Rose l'amena à l'extérieur de la maison, où l'attendaient des dizaines de jeunes filles excitées à l'idée de célébrer un mariage.

— Sois courageuse !

— Mais... vous ne venez pas avec moi ?

— Je suis désolée, je ne m'en sens pas la force. Je vais aller m'étendre.

— Marie-Rose ! protesta Marianne.

— Ça va aller, mon enfant. Fais ce qu'il faut et rappelle-toi que tu dois réécrire l'histoire. Je te fais confiance.

— Je me sens si seule...

— Tes amis travaillent très fort. Vous n'avez pas à être dans le même lieu physique pour vous sentir ensemble. Tout le monde forme un tout avec toute chose. N'oublie pas, chérie. Oh, autre chose : tu perdras conscience d'être Marianne.

— Mais...

— Non, cela vaut mieux, crois-moi.

Et la vieille femme déposa un baiser sur son front. Marianne la laissa partir, le cœur chaviré. La marche vers le temple se mit en branle. Des jeunes filles qui avaient abaissé le voile de la mariée dansaient au son de tambourins et de clochettes. Marianne accrocha son regard le plus longtemps possible sur la petite demeure qu'elle quittait. Dans les rues, la foule participait avec entrain aux réjouissances. Le mage noir, caché parmi les gens, suivait le cortège en murmurant un sortilège. La fille qui allait se marier lui appartenait, elle était à lui, les démons le lui avaient dit. Il n'était donc pas question qu'elle se marie avec ce commandant de légion.

Un des démons qui le hantaient vint l'avertir que la vieille femme venait de mourir. Il tourna la tête vers la maison et eut un sourire dédaigneux.

Assis dans son cercle fait de sel, il alluma des bougies noires. L'heure avançait, il devait réussir à faire disparaître Asclé. Mais avant, il souhaitait lui faire mal, beaucoup de mal. Il allait donc commencer par attaquer celui qu'elle aimait, Étienne. Il prépara sa coupe et ses instruments pour l'incantation de magie noire. Et pourquoi ne pas en profiter aussi pour lui annoncer la mort de ses deux vieilles amies ? Après tout, Asclé adorait les paquets-cadeaux, et il devait se débarrasser du corps mort dans sa cave.

20

L'EMPIRE COMPAGNIE

*Le dernier mot dans une affaire
est toujours un chiffre.*
Albert Brie, *Le mot du silencieux*

Quand ils revinrent à eux, Étienne et Asclé ne reconnurent pas tout de suite les deux personnes qui les regardaient. Puis, le souvenir ressurgit, et ils se rappelèrent du restaurant et de ses propriétaires. Le docteur Lapierre et sa femme les aidèrent à s'asseoir.

— Eh bien, vous nous avez fait peur! dit l'archéologue.

— Je suis désolée, répondit Asclé. C'est souvent comme ça, quand on retourne dans nos anciennes vies.

— Oui, je vois, convint l'homme, encore sceptique malgré l'apparence d'Asclé, qui s'était métamorphosée en Cléopâtre.

— Mon mari m'a tout expliqué, poursuivit sa femme. Allons! Je vous prépare une collation pour cette nuit, vous irez faire un tour en ville.

L'homme leur fit un clin d'œil.

— Je nous vois mal sortir de jour, car vous avez… comment dirais-je ? Un style particulier. De toute manière, le soleil se couchera bientôt.

Les deux jeunes se regardèrent. Ils avaient vraiment l'allure de Jules César et de Cléopâtre.

— Alors, laissez-moi le temps de me préparer et nous partons.

Dehors, la nuit était tombée et la lune éclairait faiblement les rues. Le bruit d'un faucon passant au-dessus d'eux leur fit lever la tête.

— Isis ! s'écria Asclé.

L'oiseau s'envola.

— Suivons-la, elle nous mènera sûrement au bon endroit, renchérit la jeune fille.

Le docteur Lapierre, sac au dos, ouvrit la marche jusqu'à son véhicule, puis les fit monter dedans. Étienne refusa de s'asseoir à l'avant, sa tunique le gênait trop. Asclé accepta quant à elle de s'installer à côté du docteur Lapierre. Ils traversèrent la banlieue pour se rendre au centre-ville. Tout au long de la route, des immeubles fraîchement construits côtoyaient des bâtiments beaucoup plus anciens. Un grand nombre de gens fumaient sur leur balcon, en regardant passer les voitures.

Le docteur Lapierre montra bientôt du doigt un gratte-ciel.

— C'est là!

— Wow! C'est une magnifique tour! s'écria Étienne.

— C'est une très belle construction pour ceux et celles qui aiment le verre et l'acier.

Ils se stationnèrent à quelques mètres de l'immeuble. La tour de bureaux moderne contrastait avec les vieux immeubles des alentours.

— Selon le plan, l'entrée du Sérapéum se trouvait face à la mer.

— Alors, nous devrons faire le tour, mais une question: comment allez-vous faire pour creuser?

— Je n'en ai pas la moindre idée. Si le plancher est recouvert de ciment, nous ne pourrons rien faire. Mais si, comme je le crois, les fondations ont été construites avec des trappes au sol, peut-être découvrirons-nous une entrée. Un de vous deux devra alors distraire le gardien de sécurité. Je pense que ça devrait être Étienne.

L'adolescent savait que le docteur Lapierre avait raison, mais il n'avait vraiment pas envie de se montrer en tunique devant un homme, encore moins devant un agent de sécurité. Celui-ci appellerait sûrement la police. Étienne soupira. D'un autre côté, il n'était pas question de laisser Asclé seule, la nuit, dans les rues d'Égypte. Il savait qu'elle serait plus en sécurité avec le docteur.

— Bon, je vais le faire.

— Merci ! lui dit Asclé. Tu nous rejoindras ensuite.

— Si tu ne réussis pas, reviens dans la voiture. Les rues d'Alexandrie ne sont pas très sûres, la nuit. Il y a beaucoup de guerres de clans, expliqua le docteur.

— Ça me rassure, c'est incroyable…, lâcha Étienne en regardant de nouveau ses sandales et sa tunique.

— C'est pour ça que je te laisse la clé de l'automobile. Si tu ne réussis pas à passer, reviens t'enfermer ici jusqu'à ce que nous revenions, et tâche de te faire discret.

— C'est aussi facile que de dire à un éléphant de ne pas se faire voir sur une plage.

— Allons, Étienne, il le faut. Je t'aime.

Elle lui donna un baiser et ils sortirent ensemble du véhicule.

— Qu'est-ce que je peux lui dire? demanda Étienne, en pointant le gardien.

— Je ne sais pas... Peut-être que tu vas à une soirée costumée et que tu pensais que c'était dans cet immeuble. De toute manière, ce serait très surprenant qu'il parle français, expliqua l'archéologue.

— Mouais. Pas très fort, comme tactique, mais c'est mieux que rien, j'imagine.

— Tu pourrais aussi ne rien dire, et je suis certain que tu ferais diversion, ajouta l'archéologue, un sourire au coin des lèvres.

— Bon, j'y vais. Je vous souhaite bonne chance et revenez en un seul morceau, ne m'abandonnez pas!

Étienne tenta de garder la tête haute en contournant l'édifice. Un faucon se percha au bord d'une fenêtre. Le cœur d'Étienne se mit à battre plus rapidement dans sa poitrine. Comment allait-il réussir l'exploit qu'on attendait de lui? Le gardien de sécurité était assis à son poste. Il avait l'air absorbé par la lecture de son livre quand Étienne sonna. L'homme fronça les sourcils. Il pensait avoir tout vu, mais là, ça dépassait de beaucoup les stupidités qu'il était habitué à gérer. Il beugla des mots dans une langue qu'Étienne ne comprit pas. «Sans doute quelque chose de pas très gentil», pensa Étienne. Néanmoins, le jeune homme garda son calme et parla en français.

— Je sais que ça peut paraître bizarre, mais je cherche le local où a lieu un *party*[30].

Aucune réaction de la part de l'homme derrière la vitre. Étienne répéta donc sa requête.

— Vous savez, un bal costumé, un *party* d'Halloween... mais pas à la bonne saison.

Toujours rien. Étienne éleva le ton.

— Mais bon Dieu, ne me laissez pas moisir comme ça! Je cherche un endroit où aller! Vous comprenez? UN *PARTY*!

— AHHHHHHH! *PARTY*! répéta l'homme.

— Oui, c'est ça! Vous avez enfin compris. *Party*!

Le gardien de sécurité sourit. Étienne se demanda si c'était bon signe. L'homme prit alors ses clés et sortit de son local pour venir dans la rue, à côté d'Étienne. Il parla encore une fois en arabe, et encore une fois l'adolescent ne comprit pas un mot de ce que le gardien lui disait, mais celui-ci pointa une enseigne.

---

[30] Réception, cocktail, bal.

Ça ressemblait de loin à un bar d'où provenait de la musique. Tandis que le gardien et Étienne faisaient quelques pas en direction de ce local, Asclé et le docteur Lapierre, qui s'étaient camouflés derrière une voiture, entrèrent sans être vus dans l'immeuble. Aussitôt, le faucon s'envola.

— Ça y est! s'écria Asclé. On l'a eu.

— Chut! Suivez-moi!

Étienne avait vu Asclé s'infiltrer à l'intérieur, alors il salua le gardien en le remerciant en français. Mais celui-ci, toujours un sourire aux lèvres, attrapa Étienne par le bras et le guida vers le bar. Le jeune homme tenta de se défaire de la poigne de fer du gardien, sans succès. Celui-ci le traîna sans aucun effort vers ce lieu sombre. L'extérieur miteux du club donnait la chair de poule. Une planche en bois remplaçait la vitre de l'entrée, si bien qu'on ne pouvait pas voir à l'intérieur. Le gardien de sécurité ouvrit la porte et le poussa dedans. De la fumée âcre agressa Étienne et lui fit plisser les yeux. Aussitôt qu'ils aperçurent le jeune homme, la musique cessa, et chaque homme qui se trouvait à l'intérieur se tut, jusqu'à ce que le chef de la bande se mît à rire aux éclats, rapidement imités par tous les autres. Étienne eut un terrible pressentiment.

Asclé avait de son côté suivi le docteur Lapierre. Heureusement que celui-ci avait déjà visité l'immeuble, car il était immense. L'archéologue se dirigea tout de suite vers les escaliers. La jeune fille jeta un œil sur les caméras de surveillance.

— J'ai bien peur que notre passage ne soit filmé.

— Nous ne pouvons rien faire contre ça maintenant, mais si nous parvenons à trouver l'entrée du Sérapéum, l'immeuble sera mis sous tutelle gouvernementale et nous bénéficierons de temps et d'argent pour la fouille.

— Ça ne fera sûrement pas l'affaire de la compagnie.

— Il ne faut pas oublier que tout s'achète, en ce bas monde, jeune fille.

Asclé en avait une petite idée. Arrivés au sous-sol, ils prirent le temps d'observer l'immense pièce. Le lieu avait l'air désert.

— La voie est libre, dit l'archéologue. Pour la première fois, bizarrement, je me sens comme dans un film d'espionnage.

— Bizarrement, moi, ce n'est pas la première fois, marmonna Asclé.

— Pardon ?

— Ce n'est pas important…

L'archéologue sortit de la poche avant de son pantalon la photocopie de l'ancien plan des installations de la ville.

— Comment savoir maintenant dans quel sens va le plan ? demanda Asclé.

— J'essaie de me remémorer l'emplacement de l'entrée et des escaliers. Je crois que dans cette direction, nous avançons vers la mer. Enfin, virtuellement parlant, vous me comprenez.

— Oui, je vous suis. Même si je ne suis pas une spécialiste de l'histoire égyptienne.

— C'est quand même spécial que Cléopâtre puisse dire pareille bêtise.

L'homme sourit.

— Bon, je sais, avoua Asclé. Mais en cette vie-ci et en ce temps précis, je n'ai aucune idée de la façon dont était construite la superbe bibliothèque que nous cherchons.

— C'est pour ça qu'on est ici.

Le sous-sol était rempli d'étagères, sur lesquelles étaient placées des boîtes pleines de dossiers et de paperasse.

— On dirait un labyrinthe !

— Il est étonnant de voir que, souvent, les lieux gardent la même vocation au fil du temps.

— Que voulez-vous dire, docteur ?

— Eh bien, regardez ! On pourrait penser qu'on se trouve dans une bibliothèque, non ?

— Oui, c'est vrai.

— Bon, en me fiant au dessin de mon plan, si je me dirige vers l'extrême droite, je devrais me trouver dans une des entrées du Sérapéum.

— Le Sérapéum avait plusieurs entrées ?

— Oui, comme toutes les bibliothèques du monde, j'imagine. Du moins, devait-il y avoir une entrée pour les gens qui venaient consulter les tablettes ou les rouleaux, et une autre pour l'arrivée des manuscrits ou encore les gens qui travaillaient sur place.

— Oui, c'est logique.

En contournant une des étagères, Asclé accrocha une boîte dont le contenu se vida sur le plancher. Les deux apprentis espions sursautèrent. Le docteur se pencha.

— Laissez-moi faire ! dit Asclé. Je vais ramasser. Après tout, c'est ma gaffe.

Mais le docteur Lapierre scrutait le plancher. Une dalle avait été placée exactement à cet endroit.

— Voyez-vous ce que je vois ? lui demanda-t-il.

— Oui.

Asclé se dépêcha de ranger les papiers dans la boîte qu'elle remit sur la tablette.

— Ça nous prendrait des outils, dit-elle.

— Je devrais trouver quelque chose dans mon sac. Oh non ! Ce n'est pas vrai !

— Qu'est-ce qu'il y a ?

— Je l'ai laissé dans l'auto !

— Catastrophe ! Vous ne pourrez jamais sortir et revenir sans être vu. Il faut penser à une autre solution. Si nous regardons autour de nous, peut-être trouverons-nous quelque chose pour décoincer la dalle. Je vais aller de ce côté et vous, de l'autre.

— Bonne idée ! Mais n'allez pas trop loin, jeune fille. Ce serait triste de se perdre.

Ils se séparèrent pour explorer les alentours. Asclé trouva rapidement un petit couteau qui servait probablement à ouvrir les boîtes. Elle revint sur ses pas.

— Docteur Lapierre, j'ai trouvé quelque chose ! Docteur Lapierre !

Le silence pesant qui régnait dans l'immense endroit était difficile à supporter.

— Docteur Lapierre ! Docteur ! Pourquoi ne me répondez-vous pas ?

Asclé se risqua à faire quelques pas dans la direction qu'avait prise l'archéologue. Elle marchait lentement. Le bruit d'une boîte qu'on renverse la fit tressaillir. Un sentiment de peur commençait à l'envahir. Elle se sentait traquée, et pourtant elle ne voyait personne. Une ombre passa devant elle. Le cœur battant la chamade, elle faillit s'évanouir quand elle aperçut des pieds dépasser d'une des étagères.

— Docteur Lapierre, c'est vous ?

Elle s'approcha lentement. Il n'y avait aucun bruit. Seul le sang qui frappait contre ses tempes battait le rythme dans sa tête.

Étienne n'avait aucune chance de fuir, puisqu'un homme musclé s'était placé derrière lui. Les autres s'étaient rapprochés, l'air menaçant. Le jeune homme tenta de négocier sa libération.

— Écoutez, messieurs, je vous donnerais volontiers tout mon argent, mais comme vous l'avez sûrement remarqué, je n'ai pas de poches. Eh oui, c'est drôle, hein ?

Et il se força à rire. Il fut le seul.

— Non, bon, ce n'est pas drôle du tout, mais je peux vous promettre de revenir avec de l'argent. De toute manière, je n'ai rien sur moi...

Un des hommes lui parla alors en arabe et termina sa phrase par un clin d'œil. Étienne ravala sa salive. L'homme sortit un petit couteau de sa poche et s'approcha de lui.

— Écoutez ! dit Étienne en reculant et en levant les bras.

Quand il marcha sur les pieds du gros musclé, celui-ci lui donna une tape dans le dos qui le poussa en avant... à quelques centimètres de la pointe du couteau ! Étienne, livide, ne quittait plus l'arme des yeux. Il ne s'était pas souvent battu. Par contre, il savait que si Asclé avait été en pareille situation, elle se serait défendue. Il tenta donc un mouvement de côté. Même si toute bataille semblait perdue d'avance, il aurait au moins essayé quelque chose. Comme il s'y attendait, trois autres hommes lui sautèrent dessus.

Mais à l'instant même où il pensait avoir réussi à se dégager, il ressentit la morsure du fer dans son flanc. Puis une autre et encore une autre. Il tomba sur un genou et porta la main à ses hanches. Il saignait abondamment. Son regard s'embrouilla, et il entendit les hommes autour de lui marmonner des paroles incompréhensibles. Ils ouvrirent la porte. Étienne perdit connaissance quand ils le transportèrent jusqu'à une ruelle, où ils le laissèrent parmi les déchets. Étienne sentait qu'il n'avait plus la force de se battre quand il vit à travers le brouillard un beau jeune homme vêtu de noir. La Bête lui sourit :

— Tu vois, je t'avais promis qu'on se reverrait, et je tiens toujours parole. Les démons aussi sont fidèles. Et où est cette déesse qui promettait de te protéger ?

Un filet de sang coula des lèvres d'Étienne. Il avait la gorge sèche et la douleur qu'il ressentait augmentait à chaque respiration.

— Elle n'est pas là, persifla Satan. Elle est probablement trop occupée à maintenir Asclé en vie.

Ces paroles furent pour Étienne encore plus douloureuses que les blessures qui le rongeaient.

«Asclé! pensa-t-il. Non!» Il prit son temps pour prononcer une phrase.

— Je... n'ai... pas... peur... de... vous... Vous... n'êtes... qu'un... imbécile! Allez-vous-en...

Le diable applaudit.

— Bravo! Quelle belle comédie! Touchant! Très touchant! Dommage que je sois si occupé. Je ne pourrai pas rester pour assister à ton dernier souffle. Mais crois-moi, j'aurais aimé le faire. Oh, j'oubliais! Voici un petit cadeau avant de partir.

Étienne le vit sortir de sa poche une grande mèche de cheveux bruns.

— Un dernier souvenir de ta copine.

Il laissa tomber la mèche sur le visage d'Étienne, qui ferma les yeux. Il commençait à sentir que son esprit voulait quitter son corps. Une image embrouillée se forma devant lui. Ce n'était plus le diable, mais un visage qui lui rappelait un vague souvenir. La vision du jeune homme lui parlait.

— Étienne! Est-ce que c'est toi, Étienne?

— Je...

— Ne parle pas! Tu as l'air gravement blessé, je vais te faire transporter dans un hôpital.

Étienne grimaça de douleur. Robin sortit son cellulaire et appela une ambulance.

— Ce n'est pas le Québec, ici, alors ça va prendre un petit bout de temps.

— Qui... es-tu ?

— Robin ! Mais si, Robin, de la croisière, avec la bombe !

— Oh !

Étienne n'avait pas gardé un bon souvenir de cette autre aventure, si ce n'était le fait que ses amies et lui s'en fussent sortis vivants. Si ce garçon était réellement l'âme sœur d'Asclé, comme il l'avait dit, peut-être pourrait-il réussir à la sauver. Étienne s'en sentait incapable, de son côté. Il se voyait plutôt mourir.

— Robin... Asclé...

— Oui, c'est ça. Je suis encore désolé, je sais que cela n'a pas dû être facile pour toi, mais c'est du passé... Maintenant, j'ai une copine et...

— Non ! Asclé... je suis certain... qu'elle est en danger...

Étienne saisit péniblement la mèche de cheveux de sa copine et la tendit en tremblant à Robin.

— Asclé! Elle est avec toi? Où? Où est-elle?

— Là-bas… dans un im… meuble de la… Empire… Compagnie. Au sous-sol…

— Au sous-sol? Mais que fait-elle là?

— Le Sé… ra… péum…, l'ancienne bibli… o… thèque…

Étienne fut incapable d'en dire plus. Il rendit son dernier souffle. Il venait de mourir. Aussitôt, Robin se défit du sac qu'il portait en bandoulière et commença à faire à l'adolescent un massage cardiaque, jusqu'à l'arrivée des secours. Ensuite, il s'informa de l'endroit où allait être emmené Étienne et promit de suivre l'ambulance, mais il avait une tout autre idée. Il se dirigerait tout droit à l'Empire Compagnie, afin de s'assurer qu'Asclé était en vie. Dès qu'il fut parti, un faucon vint se poser sur la poubelle. Il regarda aux alentours, puis il ramassa de son bec le dessin qui avait glissé de la poche d'Étienne et s'en alla.

44 av. J.-C.

César assistait à la séance du sénat. Les républicains de Rome avaient monté la foule contre lui. «Comment a-t-il osé amener avec lui cette souveraine d'Égypte?» criaient certains élus.

« Quel affront au peuple de Rome ! » scandaient les malveillants. Dans les couloirs, un complot se tramait. Le propre fils de l'empereur, Brutus, n'en revenait pas qu'il ait fait un enfant à une Égyptienne. Ce jour était le bon pour attaquer. Tout de suite après la séance, des conjurés républicains attendirent César au pied de la statue de Pompée, armés d'épées. César, surpris, croisa les yeux de Brutus et dit :

— Même toi, mon fils !

— Si vous aviez été un père digne de ce nom, vous n'auriez pas été faire un bâtard de l'autre côté de la mer.

— Je te défends de me parler ainsi.

— Toutes mes excuses, père.

Brutus sourit dédaigneusement avant de donner le signal de l'assaut. Les hommes encerclèrent César et le transpercèrent de plusieurs coups d'épée. Ensuite, on le laissa choir, seul, au pied de la statue de son ancien ennemi.

Quand Asclé vit le docteur Lapierre par terre, inconscient, elle se lança à ses côtés pour tenter de le réveiller.

— Docteur Lapierre ! Docteur Lapierre ! Réveillez-vous !

Une ombre apparut à ses côtés. C'était le beau jeune homme vêtu de noir. Toutefois, malgré la beauté de son visage, l'énergie qui se dégageait de lui était très négative. Son regard était glacial et méchant.

— Asclé! Ou devrais-je dire Cléopâtre?

— Qu'avez-vous fait au docteur Lapierre?

— Si tu savais ce que j'ai fait à ton copain, tu ne me parlerais pas de ce vieil archéologue sans intérêt.

— Étienne!

Asclé se leva d'un bond et attrapa l'homme par le collet.

— Que lui avez-vous fait? Je vous déteste!

La Bête prit les poignets d'Asclé, qui ressentit une brûlure intense à ses doigts. Elle lâcha prise.

— Du calme! Du calme! Je ne lui ai rien fait en particulier. Ce n'est pas moi, mais j'ai des amis, comment dirais-je... plus agressifs que je ne le suis.

— Vous ne lui avez pas fait de mal, dites-moi!

Le diable se mit à rire.

— En vérité, je dirais qu'en ce moment même, il n'a plus du tout mal.

— Comment ça?

— Oh, je ne te mentirai pas. Je crois qu'il a souffert, mais maintenant... plus rien. '

Asclé ne réalisait pas très bien ce qu'essayait de lui dire l'homme en noir, jusqu'à ce que la déesse Isis apparaisse à ses côtés.

— Oh non! Pas encore toi! Tu es vraiment casse-pieds! s'écria Satan.

— Et toi, tu es ignoble! Laisse cette jeune fille! Sinon, je...

— OK! J'ai compris, pas besoin de me menacer!

— Alors, pars!

Le diable se déplaça lentement en regardant Asclé et en lui souriant.

— J'ai quand même gagné cette première partie du jeu.

— Ce n'est pas un jeu! Ce que tu as commis, ce sont des meurtres!

— Quoi? s'écria Asclé.

— Oh, je ne te l'ai pas dit de cette manière, vois comme cette Isis manque de tact, la nargua le diable. C'est vrai, j'ai tué quelques personnes, y compris... Comment s'appelait-il déjà, ton petit copain? Étienne, je crois, c'est ça?

Mais l'essentiel, c'est que Marianne soit encore en vie. Je dois bien cela à mon protégé.

— Quoi?

Une douleur sans nom envahit Asclé, qui se tint la poitrine. Le souffle court, elle tentait de respirer. «Étienne! Étienne! Non!» Comment était-ce possible? Elle ne pouvait plus vivre si Étienne n'était pas à ses côtés. Elle avait si mal, elle voulait mourir tout de suite.

— Tuez-moi! cria Asclé à la Bête.

— Oh, c'est si gentiment demandé…

Une voix se fit entendre dans la tête d'Asclé: «Tu ne dois pas te laisser aller!» La voix s'estompa et la déesse Isis s'interposa entre elle et le diable.

— Tu touches à un cheveu de cette jeune fille et je fais en sorte que tu perdes toute autorité sur tes légions infernales. Et je te préviens que ce n'est pas la relève pour ton poste qui manque!

La déesse le fixa si intensément qu'il finit par se retourner. Il savait qu'elle avait le pouvoir de faire ce qu'elle disait. Alors, il n'insista pas.

— C'était une blague, marmonna-t-il. Je ne la ferai pas disparaître tout de suite, je vais attendre encore un peu pour qu'elle souffre et pleure la perte de ses bonnes vieilles amies.

— Quoi ? s'écria Asclé, hors d'elle.

— Tut, tut, tut ! Il ne faut pas crier, jeune fille. Le gardien de sécurité pourrait descendre, dit le jeune homme en souriant. Au fait, Isis, tu sais que tu me plais depuis toujours. Alors, si jamais tu cherches un autre mari…

— Va-t'en !

— Mais oui, allez ! Bien le bonsoir, mesdames !

Et la Bête se dirigea vers les escaliers. Asclé était à genoux. Toutes les larmes de son corps coulaient le long de son visage.

— Relève-toi ! dit la déesse. Allons, jeune fille ! Il ne faut pas que tout ça t'éloigne de ta mission, bien au contraire ! Tu dois trouver la force de continuer à te battre pour tes amis, qui ont donné leur vie pour cette cause.

Elle l'aida à se relever. Au contact des mains d'Isis, Asclé retrouva un semblant de courage.

— Je vais remettre le docteur Lapierre sur pied, il pourra continuer à t'aider, proposa la déesse. Satan ne l'a que frappé.

J'ai aussi le pouvoir de ramener du monde des morts les êtres qui y sont enfermés, mais seul le dieu suprême peut me donner cette permission. Aussi, peut-être t'accordera-t-il cette faveur si tu réussis, qui sait ?

Isis se pencha et toucha le visage de l'archéologue, qui ouvrit aussitôt les yeux. Il porta la main à sa tête. Il avait une bonne ecchymose. La déesse disparut ensuite en disant : « N'oublie pas, Asclé, trouve le Sérapéum ! »

— Aïe ! Ma tête ! Je crois que je me suis assommé sur cette étagère, je suis désolé, dit l'homme en s'assoyant.

Asclé aida le docteur Lapierre à se relever.

— Ce n'est rien, voyons ! Vous n'avez pas à vous excuser.

La jeune fille tenta de sécher le plus possible ses larmes, mais comment réussir à trouver le calme intérieur quand on a l'impression que l'on n'est plus rien ? Elle ne savait pas ce qui lui donnait encore la force de continuer. Elle emmena tout de même le docteur Lapierre, encore tout étourdi, jusqu'à la dalle. Avec le couteau, ils réussirent à la desceller et à la retirer. Le trou qu'elle masquait était rempli de terre.

— C'est normal! lança l'archéologue. La construction a sûrement bouché en partie les entrées. Mais il doit être possible d'enlever la terre.

Asclé avait ramassé une vieille tasse à café sur une table non loin de là, aussi s'en servirent-ils pour creuser le sol. La rage au ventre, la jeune fille se montra très efficace. Rapidement, il y eut un trou d'air, mais insuffisant pour s'y aventurer.

— On a trouvé quelque chose! dit Asclé.

— Oui, j'imagine que c'est la première marche de l'escalier. Je pensais que ça serait plus facile.

— Ça nous prendrait des siècles pour enlever toute la terre avec votre tasse.

Asclé déposa l'instrument.

— Que proposez-vous?

— Je propose que l'on tente de localiser une autre entrée. Qui sait, peut-être aura-t-on plus de chances?

— Allons-y!

Le docteur Lapierre ressortit le plan et se dirigea vers l'endroit qu'il pensait être le bon. Asclé le suivit. Ils se heurtèrent assez vite à une porte.

— Il semble y avoir un rangement de plus.

— À moins que ce soient des escaliers? suggéra Asclé.

— C'est possible!

— Comment ouvre-t-on la porte?

— Tant qu'à avoir une ecchymose à la tête, pourquoi ne pas en avoir une aux épaules? Poussez-vous! J'ai déjà été quart-arrière dans une équipe de football américaine.

L'archéologue recula et s'élança vers la porte, qui céda dans un craquement vif. L'homme se retrouva couché par terre.

— Est-ce que ça va? s'inquiéta Asclé.

— Oui, un peu de douleur, mais je ne crois pas que ce soit très grave. L'équipe de football, ça fait quand même plusieurs années.

— Vous avez réussi, c'est ce qui compte!

La jeune fille l'aida à se relever et, à deux, ils retirèrent la porte.

— Incroyable! s'écria le docteur Lapierre. Vous avez vu?

Asclé resta bouche bée et perdit connaissance.

Après la mort de César, Cléopâtre était retournée en catimini en Égypte. Sans l'appui de Rome, son pays restait vulnérable. Aussi, entreprit-elle, malgré son deuil, de renouer avec les nouveaux dirigeants de l'empire. Le sompteux navire qui transportait Cléopâtre et sa suite arriva à Tarse. La souveraine ainsi que d'autres souverains avaient été convoqués par Marc-Antoine, un nouveau dirigeant romain, pour renforcer ses troupes dans le cadre de sa guerre contre les Parthes. Celui-ci formait, avec Octave et Lépide, le nouveau triumvirat[31] qui régnait désormais sur l'empire. Cléopâtre, qui était une femme intelligente et stratégique, s'était informée sur Marc-Antoine. Et comme elle avait appris qu'il aimait le luxe, elle déploya sa plus belle flotte pour se rendre à sa rencontre et se para de ses plus beaux vêtements.

— Charmian!

— Oui, Altesse?

— Dès que le navire arrivera, je te charge personnellement d'aller porter cette invitation à Marc-Antoine. J'exige que tu la lui remettes en main propre. Je ne veux pas que tu donnes ce papier à un de ses stupides messagers, ni même aux traîtres qui se disent ses amis. M'as-tu bien comprise? Et je veux que tu me rapportes non pas sa réponse, mais lui en personne. Je le veux ici avant ce soir. Je vais lui faire préparer

---

[31] Trois personnes politiques ou militaires qui s'unissent pour gouverner.

un immense banquet comme il n'en a jamais imaginé. Quand tu reviendras avec lui, tu seras grassement récompensée. Allez ! Va !

— Bien, Votre Grandeur.

Cléopâtre remit à sa suivante, en qui elle avait une totale confiance, un papyrus qui contenait une invitation qu'elle avait elle-même écrite. Charmian salua la pharaonne et se prépara à quitter le navire.

— Qu'on m'apporte du vin ! exigea Cléopâtre.

Iras, une autre de ses suivantes, lui en apporta dans une coupe en or. Le goûteur de la souveraine prit la coupe, ferma les yeux et trempa ses lèvres dans le récipient. Quelques mois auparavant, Cléopâtre avait en effet volontairement empoisonné son propre frère pour asseoir son fils Ptolémée César sur le trône. Le goûteur avala le liquide avec inquiétude. Il pria pour que la coupe ne contienne aucun poison mortel. Il ne pensait pas, ce faisant, avoir contrarié la pharaonne, mais qui sait ? Cléopâtre avait beaucoup d'ennemis qui pouvaient très bien vouloir l'empoisonner, aussi pria-t-il les dieux de les protéger tous les deux.

La souveraine, de son côté, réfléchissait. Elle savait qu'elle devait renouer avec Rome, surtout depuis l'assassinat de Jules César. Aussi, quand elle reçut l'accord de Marc-Antoine, elle organisa une rencontre inoubliable. Comme elle le lui avait demandé, Charmian arriva accompagnée de Marc-Antoine. Ce dernier avait revêtu son armure de général et ne put cacher son grand étonnement à la vue de tant de merveilles.

— Bienvenue ! le salua Cléopâtre. Mon navire est le vôtre.

Marc-Antoine s'approcha et s'agenouilla devant la souveraine, puis baisa sa main.

— Ma souveraine, c'est un honneur de vous rencontrer.

Cléopâtre se mit à rire avec désinvolture et ce rire fut contagieux. Marc-Antoine se leva et sourit, en la regardant avec admiration. Il y avait dans cette femme quelque chose de merveilleux. Pas une beauté incroyable, mais un mélange d'intelligence, de charme et de pouvoir qui le séduisit sur-le-champ. Flavie, sa compagne, était très belle, mais cette pharaonne le subjugua. Était-ce un sort qui lui avait été jeté ?

— Que la fête commence ! ordonna Cléopâtre.

Aussitôt, les musiciens et les amuseurs commencèrent leur spectacle. Le vin et les victuailles se succédèrent à un rythme soutenu. Marc-Antoine était ravi de sa discussion avec Cléopâtre.

— Vous voulez donc envahir les Parthes ? demanda la souveraine.

Marc-Antoine leva son verre et en avala le contenu d'un seul trait.

— Oui, ma chère. Vous savez que Rome est une grande puissance, mais j'ose croire que je pourrai compter sur votre soutien pour cette conquête.

— Vraiment ?

Marc-Antoine soutint son regard, un sourire aux lèvres.

— Je peux vous confier quelque chose ? demanda-t-il.

— Mais faites, je vous en prie !

— Je vous trouve magnifique. Que vous m'apportiez votre soutien ou non, je suis conquis.

Cléopâtre en fut flattée. Elle sourit à son tour.

— Que vous me complimentiez ou non, mes soldats seront sous vos ordres, et je vous ferai porter des vivres.

— *Vous êtes sublime.*

— *Je le sais.*

Elle s'esclaffa.

— *Encore du vin ! Et que la fête se pour-suive !*

Marc-Antoine finit par retourner à Rome, où il se maria avec Octavie après le décès de Flavie. Mais quelques années plus tard, il fut de retour auprès de Cléopâtre. Délaissant l'armée au profit de l'amour, il ne vit pas Octave, fou de colère après sa traîtrise, préparer son attaque. Les troupes de Marc-Antoine, écrasées, se livrèrent à Octave en échange de sa clémence. Leurs bateaux furent brûlés. Quand Marc-Antoine en fut informé, il était trop tard. Cléopâtre et lui se préparèrent donc à mourir. Octave arrivait aux portes de la ville.

21

L'AUTRE RÉALITÉ

Le présent est indéfini,
le futur n'a de réalité qu'en tant qu'espoir présent,
le passé n'a de réalité qu'en tant que souvenir présent.
Jorge Luis Borges, *Fictions*

Marianne put enfin ouvrir les yeux. Elle se sentait sale. Depuis combien de temps était-elle dans ce manoir ? Une image lui revint à l'esprit. Ce Marc-Antoine de l'Antiquité, c'était Robin, l'âme sœur d'Asclé. Que faisait-il dans cette histoire ? Elle se releva et vit qu'elle n'était plus attachée. Elle se leva alors d'un bond et courut vers la porte. Elle tira sur la poignée, mais celle-ci ne bougea pas. Elle se rendit à une fenêtre, mais impossible de l'ouvrir. Elle n'avait pas remarqué l'homme assis dans le fauteuil qui la regardait d'un air amusé. Quand il lui adressa la parole, elle sursauta.

— Tu ne peux pas t'enfuir.

Marianne s'appuya contre un mur.

— Ah ! Mais qui êtes-vous, et que me voulez-vous ?

— Ce sont deux questions en une. Viens t'asseoir.

— Non, il n'en est pas question !

— Comme tu veux ! Alors, commençons par le « qui suis-je », d'accord ? Je suis celui qui suit le bien partout où il va ! Je suis celui qui repousse les limites des hommes, celui qui leur donne une raison de se battre. Je suis l'histoire ! Je suis bien des facettes, n'est-ce pas ?

— Et que me voulez-vous ?

— Le sorcier qui m'héberge te veut, tout simplement. Il t'a toujours voulue. Tu lui as toujours échappé, mais maintenant, je crois que c'est la bonne vie. Il est ici, avec toi chez lui. Tu ne manqueras de rien.

— Vous êtes malade !

— Sans doute ! Mais qu'est-ce que ça change ?

— La police me trouvera.

La Bête éclata de rire.

— Tu ne devrais pas te faire trop d'illusions. Nous sommes dans une tout autre réalité, ce n'est pas un film policier.

Marianne courut vers une fenêtre et se mit à frapper dessus, dans l'espoir qu'elle se brise, mais cette dernière semblait faite en béton.

— Je te l'ai dit, tu perds ton temps, poursuivit l'inconnu.

— Je veux voir mes amis.

— Je serais ravi de te les montrer, mais je crois que ça pourrait te traumatiser.

— Pourquoi ? demanda-t-elle, inquiète.

— L'odeur qui s'en dégage pourrait t'affecter.

Marianne plissa les yeux. Que voulait dire cet homme ?

— Le décor ne te plaît pas ?

— Comment voulez-vous que je puisse l'apprécier ? Vous me tenez prisonnière !

— C'est un bien grand mot ! Tu peux faire tout ce que tu veux dans cette maison. Tu devrais aller visiter ta chambre, tiens. Le sorcier t'a acheté une centaine de magazines qui proviennent du monde entier. Tu as aussi plus de maquillage qu'on en trouve dans un centre commercial. Et tu as une garde-robe qui ferait mourir d'envie n'importe quelle fille !

— Et vous pensez que cela me suffit pour être heureuse ? Je n'ai pas besoin de tout cela !

— Mais je t'ai entendu dire bien souvent que tu rêvais de tout ça !

— Oui, peut-être, mais jamais en échange de ma liberté !

— Tout a un prix, ma chère !

— Mais je ne veux rien d'autre que ma liberté !

— J'ai bien peur que ce soit la seule chose que je ne puisse t'offrir.

— Je vous hais ! Je vous déteste !

Marianne attrapa un vase de fleurs et le lança vers le mur. Mais à sa grande surprise, le vase ne se brisa pas.

— Je ne voudrais pas que tu te blesses, quand même ! dit le diable calmement.

Prise d'une rage encore plus grande, elle voulut renverser le fauteuil, mais celui-ci ne bougea pas.

— J'adore te voir dans cet état ! La colère et la rage donnent des ailes... et des cornes, paraît-il !

Marianne fonça sur la Bête.

22

L'ENTRÉE DU SÉRAPÉUM

Personne, voyant le mal, ne le choisit,
mais attiré par l'appât d'un bien vers un mal
plus grand que celui-ci, l'on est pris au piège.
Épicure, *Sentences vaticanes*

Asclé était revenue à elle. Le docteur Lapierre et elle regardaient les escaliers qui s'enfonçaient directement dans l'eau. En effet, le fond de la cave était inondé.

— Juste au moment où on croit qu'on a gagné, on se bute à un autre obstacle, lâcha la jeune fille, découragée.

— J'ai bien peur qu'il y en ait un plus grand encore, répliqua le docteur Lapierre, en lui montrant le gardien de sécurité qui les tenait en joue avec un pistolet.

L'archéologue tenta de calmer le gardien en lui parlant en arabe, mais celui-ci, en position avantageuse, ne l'écouta pas. Il les menaça et leur fit signe de se pousser. Asclé vit alors une ombre se dresser derrière l'homme. Cinq secondes plus tard, il tombait assommé devant eux.

— Eh bien, dit Robin, je reconnais cette aventurière. Tu n'as définitivement pas changé ! Tu aimes toujours te mettre dans des situations extrêmes !

Au son de sa voix, Asclé reconnut Robin. Son cœur se mit à battre très vite.

— Robin !

Le jeune homme s'approcha pour l'embrasser. Elle rougit jusqu'à la racine des cheveux. L'archéologue toussota.

— Je... je suis désolée. C'est, c'est Robin, un ami... Je n'ai aucune idée de ce qu'il fait ici.

— Si on attachait cet enragé avant de discuter ?

— Oui, bien sûr, répondit Asclé.

Robin se pencha.

— Vous voyez, c'est pratique, il traîne même des menottes avec lui.

Le jeune homme les lui enfila au poignet et l'attacha à une étagère.

— Bon, on sera plus tranquilles.

Il prit le pistolet et le posa plus loin.

— Qu'est-ce que tu fais ici ? demanda Asclé.

— Je pourrais te poser la même question, mais on n'en finirait plus. Pourquoi es-tu déguisée en Égyptienne ?

— C'est une longue histoire. Je te la racon-
terai plus tard. Mais toi, dis-moi, comment
as-tu pu te rendre jusqu'à moi ?

— Disons que je passais par là, et que j'ai
trouvé Étienne...

— Étienne ! Et puis, il est...

— Il est très gravement blessé, je... suis
désolé.

Asclé se remit à pleurer. Robin s'avança et
la prit dans ses bras. Aussitôt, les sentiments du
jeune homme pour elle refirent surface. Cela
relevait sûrement du magnétisme naturel qu'ils
avaient l'un pour l'autre. Il pensa à sa copine,
qu'il aimait aussi, mais pour qui il n'avait
jamais ressenti quelque chose d'aussi fort.

Asclé réussit à calmer ses pleurs. Elle se
rappela les paroles de la déesse. Elle devait
continuer, il fallait trouver la grande bibliothèque. Elle demanda au docteur Lapierre de
fournir certaines explications à Robin, puis
tous les trois scrutèrent l'escalier qui plongeait
dans l'eau.

— Vous avez remarqué les dessins sur le
mur ? signala l'archéologue. Le premier d'entre
eux représente Isis, et d'autres pictogrammes
descendent dans l'eau. Je suis certain qu'elle est
là sous nos pieds... la grande bibliothèque !

— Alors, je vais y aller ! s'exclama Asclé.

— Tu ne vas pas plonger dans l'eau, quand même ! dit Robin qui venait de relâcher son étreinte.

— Il le faut ! Nous ne sommes pas arrivés jusqu'ici pour renoncer.

— Mais tu vas souffrir d'hypothermie[32] ! Je suis certain que l'eau doit être glaciale.

— On verra, mais je dois essayer.

— Attends !

Robin alla prendre la lampe de poche du gardien de sécurité.

— Je vais au moins pouvoir éclairer un peu ton chemin.

Asclé lui sourit. Elle releva ses jeans jusqu'aux genoux, enleva ses souliers et ses bas, puis commença à descendre. Elle pensa à Étienne. C'est lui qui aurait dû descendre. L'eau était froide, mais elle n'était pas glaciale comme l'avait prédit Robin.

— Je vais plonger, et si je ne remonte pas, quelqu'un viendra me rejoindre, d'accord ?

— Tu peux en être certaine, précisa Robin.

— Alors, j'y vais...

— Asclé ! s'écria Robin. Je... Fais attention !

---

[32] Baisse générale de la température du corps.

Elle hocha la tête.

— L'escalier, expliqua l'archéologue, peut bifurquer dans un autre sens, alors sois prudente.

La jeune fille descendit lentement dans l'eau, jusqu'à la taille. Elle prit une grande inspiration et plongea tête première. Ses deux compagnons la regardèrent disparaître avec admiration.

— Elle a du courage, lâcha le docteur Lapierre.

Robin acquiesça. Il venait à peine de retrouver, à l'autre bout de la Terre, la fille qu'il aimait le plus au monde qu'aussitôt elle disparaissait en mettant sa vie en danger. À croire que le destin aimait le narguer.

— Il faudrait peut-être calculer le temps qu'elle reste sous l'eau, dit le docteur Lapierre, en sortant Robin de ses rêveries.

— Euh... d'accord.

Le jeune homme regarda sa montre. Déjà une minute avait passé.

— Elle a beaucoup de souffle, remarqua l'archéologue, après deux minutes.

— Ou bien elle ressort d'ici quinze secondes, ou bien je plonge, ajouta Robin en enlevant sa veste.

— Je ne pensais pas me baigner aujourd'hui, répliqua le docteur.

Cela faisait plus de trois minutes maintenant qu'Asclé était sous l'eau ou plutôt, l'espéraient-ils, qu'elle avait trouvé un endroit où respirer.

— J'y vais en premier, je suis le plus jeune, proposa Robin.

— D'accord! Sois prudent. Je tâcherai de te suivre.

Asclé, de son côté, avait cru qu'elle n'y arriverait pas. L'oxygène commençait à lui manquer au moment où elle avait vu une ouverture au-dessus d'elle. Elle s'y était tout de suite infiltrée et sa tête avait émergé. Le premier souffle avait été douloureux, mais maintenant, elle respirait normalement. Elle ne vit tout d'abord rien. Tout était sombre autour d'elle. Ses yeux s'habituèrent néanmoins tranquillement à la noirceur, suffisamment pour qu'elle perçût quelques formes. Elle grimpa sur le bord de l'ouverture et s'assit, les jambes encore dans l'eau, en espérant que Robin les vît.

Le jeune homme n'aimait pas beaucoup l'eau et ne s'y sentait pas du tout dans son élément, mais il aurait volé sans ailes pour essayer de sauver Asclé. Alors, il descendit quelques marches sans se poser de question.

— Pensez-vous que la lampe de poche fonctionnerait sous l'eau ? demanda-t-il.

— Je pense que c'est une bonne idée d'essayer, au moins.

Robin plongea la lampe dans l'eau. Elle brillait toujours.

— Elle a l'air de fonctionner. Je l'apporte et ensuite, vous n'aurez qu'à suivre le faisceau pour nous rejoindre.

— En espérant que tout fonctionne comme tu le dis.

Il jeta un coup d'œil inquiet au gardien, qui commençait à reprendre connaissance dans son coin.

— J'y vais !

Robin descendit les dernières marches et plongea dans l'eau froide. Il retint son souffle de son mieux. Alors qu'il allait abandonner sa recherche, il aperçut, grâce à sa lampe de poche, les jambes d'Asclé. Il se dirigea vers elles et déboucha à côté d'une Asclé ravie de le voir.

— Robin !

Elle lui prit la lampe des mains, pour qu'il puisse se hisser sur le bord avec elle.

— Le docteur s'en vient, précisa-t-il. J'ai promis de mettre la lampe dans l'eau pour l'aider à nous retrouver.

Alors qu'il enlevait à son tour ses souliers, l'archéologue se retrouva en présence d'un beau jeune homme vêtu de noir.

— Qui êtes-vous ? demanda-t-il.

— N'ayez pas peur. Je ne vous veux aucun mal.

Le docteur ne se sentait pas bien. Le diable prit l'arme qui se trouvait par terre et s'approcha de l'homme.

— Que faites-vous ? Ne tirez pas !

— Je n'en ai pas l'intention, voyons !

— Ah bon ! Alors, pourquoi êtes-vous là ?

— Pour vous tenter !

— Pourquoi ?

— Oh, mais pour la haine, mon cher.

— Je ne vous comprends pas.

— Alors, je vous explique. Vous êtes sur le point de faire une découverte capitale qui vous rendra riche et célèbre. Jusque-là, vous me suivez ?

— Oui.

— Et vous allez laisser deux jeunes que vous ne connaissez pas partager les honneurs qui vous sont dus, après tout le travail que vous avez fait ?

— Mais…

— Ce serait stupide, ne trouvez-vous pas ?

— Je… non, ce n'est…

— Tut, tut, tut ! Mais oui, c'est stupide. Alors, vous n'avez qu'à vous en débarrasser. Prenez ce pistolet ! Attendez, je vais le mettre dans un sac plastique, comme ça.

Le diable sortit un sac d'une de ses poches.

— Une fois arrivé auprès d'eux, faites ce que je vous ai dit. Vous les faites disparaître, et le tour sera joué ! Un accident est si vite arrivé de nos jours.

Le docteur Lapierre écoutait ce discours, la bouche grande ouverte. Il prit le sac du bout des doigts.

— Mais attention, vous allez l'échapper ! Tenez-le fermement et mettez-le dans une de vos poches, les jeunes ne doivent pas le voir. Vous saisissez ?

— Oui. Enfin, je crois…

— Bon ! C'est bien. Moi, je n'aime pas beaucoup l'eau, alors je vous laisse y aller seul, mais n'oubliez pas, tous ces trésors n'attendent que vous. Vous et votre femme deviendrez riches… pas les jeunes.

Le docteur secoua la tête.

— Mais qu'est-ce que vous attendez? Plongez! lui intima Satan.

— Oui!

L'homme descendit les escaliers et s'engouffra dans l'eau froide.

— Bon, dit le diable, une autre mauvaise chose de faite. Ah, ça fait du bien de faire le mal!

L'IMPASSE

Une des qualités les plus méconnues
de l'homme d'action est l'ingéniosité.
L'homme qui s'impose
dans les situations difficiles
est celui qui invente une solution,
là où les autres étaient dans l'impasse.
Jacques de Bourbon Busset, *Tu ne mourras pas*

Marianne essaya de se calmer. La colère avait l'air de réjouir l'homme qui la tenait prisonnière, alors elle tenta une autre tactique. Elle devint soudain gentille et serviable.

— Vous savez, au fond, je vous aime bien, dit-elle en replaçant ses cheveux.

Le sorcier se leva et s'approcha d'elle.

— Vraiment ?

— Oui, mentit-elle avec aplomb.

— Eh bien, j'en suis ravi.

— Je crois que je vais aller me faire une beauté.

L'homme vêtu de noir lui fit un clin d'œil.

— Mais oui, ma chère. Profite de ce que je t'ai offert.

En s'éloignant, Marianne tenta de réfléchir à une stratégie. Elle alla s'enfermer dans la chambre qui lui était destinée. C'était vraiment un endroit à faire rêver. Si elle n'avait pas été prisonnière sur place, elle se serait crue au paradis. Elle s'assit devant la glace et se regarda. Un peu de maquillage lui ferait grand bien, car elle était vraiment amaigrie et cernée. Elle prit quelques tubes et en ouvrit un. Au moment où elle s'appliquait le fond de teint, elle fut ramenée dans son ancienne vie.

Marc-Antoine l'avait laissée seule pour aller à la guerre. Il lui avait laissé tout ce dont elle avait besoin, lui avait-il dit, exceptée sa présence. Un soir qu'elle faisait de la broderie, on frappa à sa porte. Un vieil inconnu qui portait un large capuchon se tenait devant elle. Elle ne reconnut pas le mage.

— Puis-je vous demander un peu de nourriture et de chaleur?

Octavie le laissa entrer. Malgré son malaise, elle lui désigna une chaise. Le mage s'assit et lui sourit. Aussitôt, elle reconnut l'homme qui lui avait dit qu'elle était à lui. Elle prit peur.

— N'ayez pas peur comme ça. Comment pourrais-je faire du mal à celle que j'aime ? lui dit ce dernier, rassurant.

— Je vais vous donner de la nourriture, mais je veux que vous sortiez ensuite de ma demeure, monsieur.

— Certes ! Mais auparavant, j'aimerais vous montrer quelque chose. J'ai apporté mon miroir.

— Je ne veux pas, monsieur, voir mon avenir.

— Oh, chère dame, je ne veux pas vous montrer votre avenir. En fait, je veux plutôt vous montrer le présent de votre mari, qui est en très bonne compagnie. Je voulais simplement que vous en preniez conscience. Il vous laisse ici seule et désemparée, tandis que lui... Approchez, les mots ne rendraient pas justice à ce que nous allons voir.

Octavie, curieuse, s'approcha. Elle distingua des gens, puis Marc-Antoine riant et embrassant une jolie femme. Le mage pointa la pharaonne.

— Elle s'appelle Cléopâtre. C'est la souveraine d'Égypte. J'imagine que votre Marc-Antoine use simplement de stratégie en se conduisant comme cela avec elle...

Le mal était fait. Octavie sentit la morsure de la jalousie dans tout son corps. Elle voyait dans le regard de Marc-Antoine de l'amour et de l'admiration pour cette femme, alors qu'elle n'y avait décelé que de la tendresse pour elle-même.

— Arrêtez ! Je ne veux plus rien voir !

— En êtes-vous certaine ? N'aimeriez-vous pas voir dans l'avenir, maintenant ?

— Non ! s'écria-t-elle.

— Très bien, c'est votre choix.

Le mage rangea son miroir dans sa besace.

— N'oubliez pas qu'auprès de moi, vous trouveriez le bonheur.

— Sortez !

— Un peu de nourriture auparavant, s'il vous plaît.

Octavie courut vers la jarre et en sortit un morceau de viande, qu'elle remit au mage en le poussant vers la porte.

— Sortez, maintenant, et ne revenez plus. Vous avez gâché ma vie.

— Mais ce n'est pas moi qui gâche votre vie, c'est cet imbécile que vous aimez.

— Ne dites pas ça de mon époux !

— Je serai toujours là pour vous.

— Assez ! Ou j'appelle les gardes !

— On se reverra, même si cela doit être dans une prochaine vie. Vous m'appartiendrez un jour, ma belle.

Octavie ferma la porte et la verrouilla, puis s'appuya contre elle. Avant de s'écrouler sur le sol en pleurant.

Quand Marianne se réveilla, elle faillit crier en voyant ses yeux rougis.

Comment allait-elle s'échapper de sa prison ?

LE JOURNAL INTIME DE LA SOUVERAINE

Écrire, c'est aussi ne pas parler.
C'est se taire. C'est hurler sans bruit.
Marguerite Duras, *Écrire*

Robin regarda Asclé dans les yeux. Il lui sourit. Un malaise s'installa. Ils savaient tous les deux que leur union dans cette vie-ci était impossible, mais tant de souvenirs les reliaient. Ils plongèrent alors dans leur ancienne vie en Égypte.

Marc-Antoine et Cléopâtre envoyèrent un messager à cheval pour négocier avec Octave. Arrivé près du campement romain, l'homme de confiance du couple fut arrêté par un des soldats. Il descendit de son cheval.

— Halte !

— Je me nomme Rufio et suis le messager de Cléopâtre. J'ai un message à transmettre à Octave.

— Remets-le-moi !

— Non, je ne le remettrai qu'à Octave.

Le soldat irrité conduisit le messager sous la tente principale, dans laquelle se trouvait son chef.

Octave tentait justement de réfléchir à ce qui serait le plus humiliant pour la souveraine.

— Ave, Octave ! Un messager de Cléopâtre ! annonça le garde.

Octave eut un sourire.

— Quand on parle du loup ! Apportez-moi la lettre !

Il prit moins d'une minute pour en faire la lecture, avant de la déchirer sous les yeux de Rufio.

— Que c'est touchant ! Vous vous dites le messager de la pharaonne, mais vous m'apportez un message de Marc-Antoine renonçant à tous ses droits en échange de la vie de sa bien-aimée. Il n'a rien compris, le pauvre. Je ne tuerai pas la pharaonne, je préfère la traîner dans les rues de Rome enchaînée et livrée au peuple qui l'insultera. Je préfère le spectacle enivrant de l'humiliation suprême. Néanmoins, remettez le message suivant à Cléopâtre. Dites-lui que si elle veut conserver sa vie et sa dignité, alors qu'elle fasse exécuter Marc-Antoine avant mon arrivée.

Rufio, dégoûté par les propos d'Octave, le salua rapidement et repartit vers sa ville prévenir sa souveraine. Cléopâtre écouta avec attention ce que lui rapporta son messager, mais refusa de faire tuer son amant. Elle se résigna donc à mourir. Jamais elle ne se laisserait dominer par Octave. Elle voulait mourir dignement. Elle prépara ses affaires pour sa sépulture, dans laquelle elle s'enfermerait avec ses servantes et se donnerait la mort.

Un des généraux de Marc-Antoine tenta de le convaincre qu'il devait se battre et non abdiquer. Pour y arriver, il alla trouver Marc-Antoine, qui était en compagnie de son meilleur ami, Éros, et lui dit :

— J'ai une grave nouvelle à t'apprendre.

— Que se passe-t-il ?

— Cléopâtre vient de se donner la mort, mentit le général.

La nouvelle terrassa Marc-Antoine, qui s'effondra de tristesse.

— Alors, viens avec nous et battons-nous ! s'exclama le général. Fais-le pour elle !

— Non ! cria Marc-Antoine. Va-t'en ! Laisse-moi !

— Mais…

Éros défendit son ami.

— Pars ! Il vient de te l'ordonner.

Le général fit la moue et partit. Quand il fut hors de sa vue, Marc-Antoine sortit son épée de son fourreau et la tendit à Éros.

— J'espère que nous nous reverrons dans une autre vie, mon ami. Je te demande de m'enlever celle-ci.

— Jamais je ne pourrai faire un tel geste.

— Tu le dois pour notre honneur !

— Je suis désolé, mon ami, j'en suis incapable.

Éros retourna l'arme contre lui. Marc-Antoine s'élança à ses côtés.

— Mais qu'as-tu fait ?

Quand Robin ouvrit les yeux, il tenait toujours la lampe de poche, et Asclé le soutenait.

— Je n'aurais pas aimé que tu tombes à l'eau, dit-elle.

— Moi non plus, merci !

— Ce n'est rien. Il est plutôt rare que je doive aider les autres, c'est plutôt eux qui m'accueillent quand je reviens de mes visions.

— Comment as-tu su que j'étais retourné dans mon ancienne vie ?

— Tu demandes ça à une experte ?

Un mouvement sous l'eau leur fit baisser la tête. Les deux amis furent heureux de voir arriver le docteur Lapierre. Celui-ci sortit de l'eau difficilement. Asclé et Robin lui donnèrent un coup de main. L'archéologue toussa et cracha une quantité importante d'eau.

— Je crois que je devrais suivre des cours de natation, dit-il, à bout de souffle.

Enfin, Robin put éclairer l'endroit où ils se trouvaient. Un frisson les parcourut tous. Ils eurent la sensation de faire un voyage à travers le temps.

— C'est incroyable ! dit l'archéologue en tremblotant de froid. C'est un rêve que je n'osais plus faire... retrouver ce superbe endroit.

Asclé s'avança. Elle aussi, elle tremblait de froid, mais aussi d'émotion. Devant eux s'ouvrait une grande salle en pierre regorgeant de tablettes et de rouleaux de parchemin dans des étuis en cuir. Tout était classé à la perfection. Seule une bonne couche de poussière recouvrait le tout.

— Incroyable ! répétait l'archéologue. Extraordinaire !

— C'est splendide ! se réjouit Robin. Mais que cherchons-nous, au juste ?

— Cet endroit, dit le docteur Lapierre, regorge de trésors. Tout ici est histoire. Plein de secrets seront découverts. Le temps nous révélera des choses que nous ne pouvions même pas imaginer jusqu'à maintenant.

Asclé fut attirée par une représentation au mur. Même si elle ne déchiffrait pas les hiéroglyphes, elle avait devant les yeux un portrait de Cléopâtre, elle en était certaine.

— Regardez, docteur ! Par ici !

L'archéologue s'approcha. Ses yeux s'écarquillèrent quand il déchiffra les pictogrammes au mur.

— Dites-moi, c'est bien Cléopâtre devant nous ?

— Oui, répondit-il, et les rouleaux de papyrus qui se trouvent en dessous sont, paraît-il, son histoire, ses journaux intimes. C'est inespéré, c'est incroyable !

Robin s'approcha.

— Et maintenant, que comptez-vous faire ?

— Moi, répondit Asclé, je meurs d'envie de savoir ce qui est arrivé à Cléopâtre à la fin.

S'est-elle vraiment suicidée comme les livres d'histoire nous le racontent?

Asclé s'empara du dernier rouleau de la pile.

— Je parie que la fin se trouve là-dessus. Pouvez-vous nous le lire, docteur?

— Je suis désolé. Je te prie de remettre ça sur la tablette.

La petite voix intérieure d'Asclé souffla alors : « Je ne comprends pas bien l'analyse des résultats. »

— Pardon? demanda Asclé, confuse.

Il sortit le pistolet du sac et le pointa sur les deux jeunes.

— Mais, docteur, pourquoi?

— Cette découverte est trop importante pour que la gloire en soit partagée.

— Mais je ne veux aucune gloire, je veux juste savoir comment se termine la vie de Cléopâtre. C'est primordial pour moi, comprenez-vous?

— Et pour moi, ce que vous avez devant les yeux, c'est toute ma vie, c'est la recherche. Savez-vous ce que c'est que de travailler toute sa vie et de récolter des miettes? De passer pour un fou?

Robin se mit devant Asclé.

— Je crois, docteur, qu'il y a un malentendu, puisqu'elle vous dit que toutes les retombées de cette découverte ne l'intéressent pas.

— Je ne la crois pas. Elle dit cela, mais au fond, quand on en parlera, elle voudra s'en approprier le mérite. Et après tout, elle aurait raison, car c'est elle qui m'a forcé à venir et c'est encore elle qui a osé plonger dans l'inconnu.

— Mais si vous nous tuez, ils découvriront nos corps et vous serez accusé de meurtre.

— J'ai une petite idée de la personne qui m'aidera à m'en sortir. Reculez vers le trou.

Il les menaça de tirer.

— Je ne vous aiderai pas, déclara Asclé en s'avançant vers l'archéologue. Si vous voulez tirer, alors tirez. Ensuite, vous devrez nous traîner.

Elle le fixa droit dans les yeux.

— Très bien, si c'est ce que vous voulez.

— Non! cria Robin.

Asclé et Robin furent aspirés au même instant en Égypte antique.

— *Non! cria Marc-Antoine, en voyant son ami s'effondrer sur le sol.*

Déchiré par la mort d'Éros et par l'annonce de la mort de sa bien-aimée, il retira l'arme de la poitrine de son compagnon et se frappa à son tour. Il était toujours en vie quand Rufio arriva en courant.

— Mais qu'avez-vous fait, malheureux ? demanda le vieux serviteur.

— Je n'ai... fait... que mon... devoir...

— Mais Cléopâtre mourra de peine.

— Comment ?... Cléo...

— Mais oui, comment avez-vous pu croire un instant qu'elle se donnerait la mort sans vous en avoir averti ?

— Mais...

Rufio retira l'épée et transporta le blessé jusqu'aux quartiers de sa maîtresse, après avoir été chercher de l'aide. Malheureusement, Cléopâtre s'était barricadée pour ne pas se faire attraper par Octave. Il n'y avait qu'une seule façon d'emmener Marc-Antoine jusqu'à elle. Aussi Cléopâtre, aidée de ses suivantes et de Rufio, hissa-t-elle le corps de Marc-Antoine à l'intérieur du mausolée[33] dans lequel elle se trouvait. Elle le veilla jusqu'à ce qu'il décède. Octave, une fois entré dans Alexandrie, demanda à ses hommes de trouver un moyen de s'infiltrer dans ce mausolée.

---

[33] Monument funéraire imposant et somptueux.

Ils réussirent à distraire la garde de la souveraine, tandis qu'un homme escaladait le mur et
pénétrait à l'intérieur. Les Romains, à présent
maîtres de l'endroit, retirèrent à Cléopâtre tout
ce qui pouvait l'aider à mettre fin à ses jours.
Aussi la pharaonne décida-t-elle d'arrêter de se
nourrir. Après quelques jours, Octave arriva en
la menaçant.

— Je vous préviens, si vous refusez de vous
nourrir, je ferai assassiner ceux qui vous tiennent à cœur, à commencer par vos enfants.
Ceux que vous avez eus avec Marc-Antoine,
ainsi que celui que vous avez eu avec César.

— Vous êtes ignoble. Vous n'avez aucun
honneur. Vous avez refusé le combat en duel
avec Marc-Antoine parce que vous aviez peur
d'y laisser votre peau. Mais contrairement à
vous, Marc-Antoine et moi n'avons pas peur de
la mort. C'est pour cela que mon mari est mort
et que moi, je mourrai dans la dignité.

Octave cracha à côté de la souveraine.

— Parlons-en, de dignité ! Vous avez épousé
un homme qui était déjà marié. Et avec ma
sœur, soit dit en passant.

— Ici, en Égypte, il n'y a pas de mal à avoir
plusieurs femmes.

Cléopâtre lui fit les yeux doux.

— Est-ce là une vengeance familiale ? demanda-t-elle.

— Non, le mariage de Marc-Antoine et de ma sœur Octavie était une stratégie politique. Vous qui êtes née à la tête d'un pays, vous savez comme moi que toutes les décisions que nous prenons ne sont jamais liées aux sentiments qui nous habitent réellement, mais au désir de gouverner.

— Ne parlez pas pour moi ! Vous n'avez aucune idée des sentiments que j'avais pour Marc-Antoine. Ni même des sentiments que j'avais pour Jules César.

— Incroyable, quand même, que les hommes que vous ayez aimés aient tous deux été à la tête de Rome.

— N'ayez crainte, vous ne m'attirez pas ! Voilà la meilleure preuve que mon cœur et mes sentiments ne sont pas simplement stratégiques.

Octave la regarda avec dégoût. Néanmoins, elle continua à s'exprimer.

— Je pense que vous n'avez jamais été capable d'amour, à part celui que vous avez pour votre petite personne.

Ces mots firent leur effet. L'empereur attaqua à son tour.

— Comment expliquez-vous que vous ayez eu autant d'amour pour Jules que pour Marc-Antoine ? Moi, je n'y vois que complots stratégiques pour sauvegarder votre pouvoir auprès du conquérant. Mais si vous rêvez de conquête, vous serez servie. Je vous amène dès le mois prochain à Rome. La foule qui attend d'être conquise sera à votre entière disposition. Ce sera un défi à votre mesure.

— Vous êtes un être cruel ! Vous n'avez aucun sentiment.

— Que dites-vous là ? Franchement, je vous trouve injuste. J'avais cru comprendre que Cléopâtre était irrésistible.

— Allez-vous-en !

— Aujourd'hui, je m'en vais, mais bientôt, vous serez à moi. Ne croyez pas que vous avez plus d'intérêt pour moi qu'en ont mes sandales. Je les apprécie parce qu'elles sont confortables à mes pieds. Mais quand elles se briseront ou que j'en trouverai de plus agréables, c'est avec joie que je les jetterai à la foule.

La pharaonne, outrée, lui tourna le dos. Octave quitta le mausolée. Charmian et Iras tentèrent de la consoler. Elle les regarda avec bienveillance.

— Je pense qu'il est grand temps, dit-elle. Donnez-moi le parfum qui se nomme Poison du Nil.

Charmian alla chercher la petite fiole.

— Je n'en prendrai qu'une gorgée. Vous pourrez par la suite choisir de me rejoindre, ou bien implorer votre grâce auprès d'Octave, cet être sans scrupules. Merci pour tout ce que vous avez fait pour et avec moi. J'ai eu une vie remplie d'apprentissages.

Sur ces paroles, Cléopâtre avala une petite partie de la bouteille de parfum. On frappa au même instant à la porte. Un marchand de figues passait par là. Il alla déposer les fruits au pied de la porte en disant :

— Un cadeau pour Son Altesse.

— Merci, répondit Iras.

Elle apporta le panier à l'intérieur. La souveraine commençait à gémir.

— Que devrions-nous faire ? demanda Charmian.

— Elle a sûrement raison, nous n'avons plus d'avenir, dit Iras en attrapant une figue.

Au même moment, un aspic dissimulé dans les fruits se leva et la mordit. Charmian voulut lui porter secours, mais le serpent l'attaqua à son tour. Le poison fit son effet dans les deux cas. Quand les gardes responsables de la sécurité entrèrent pour s'assurer que tout allait bien, ils retrouvèrent les trois femmes agonisantes. Cléopâtre tentait encore de respirer, mais le poison envahissait son sang.

C'est au moment d'ouvrir les yeux qu'Asclé vit le docteur lever son arme et tirer sur elle. La balle l'atteignit en plein cœur. La violence de la douleur lui coupa le souffle.

25

LA LUMIÈRE

Au fond, toute âme humaine est cela :
une fragile lumière en marche vers quelques abris
divins, qu'elle imagine, cherche et ne voit pas.
André Maurois, *Le cercle de la famille*

Une lumière vive aveugla Asclé. Elle mit une main sur sa poitrine. L'air qui entrait par son nez la brûlait. Un visage apparut alors dans la lumière. C'était celui du docteur Lapierre.

— Vous m'avez tuée ?

— J'ai bien peur d'avoir fait le contraire. On vous a ramenée à l'aide d'électrochocs, ça peut parfois être douloureux !

Asclé regarda le sérum qui s'égouttait dans ses veines. Le lit et les appareils qui l'entouraient lui firent comprendre qu'elle était à l'hôpital. Elle regarda vers l'extérieur et reconnut la ville de Montréal.

— Mais comment ?

— Asclé ! C'est moi, Étienne ! Tu n'es pas morte !

— Mais on a eu très peur ! précisa Robin.

— Robin ! Mais…

— Le docteur Lapierre dit que tu dois te reposer, ajouta Marianne.

— Je l'espère bien, renchérit sa mère.

— Maman ?

— Je suis là !

— Tu reviens d'un très long coma[34], expliqua Étienne.

— Un coma ? Mais comment ?

— Tu ne te souviens de rien ? demanda-t-il. On allait traverser la rue quand tu as vu ton chat, Salomé. Tu lui as demandé de venir vers toi et une voiture t'a percutée. Tu es tombée sur le dos et ta main dépassait sur la chaussée. Tu as reçu un bon coup à la tête et ensuite, une autre voiture t'a évitée de justesse, mais elle t'a écrasé le bout des doigts.

— Oh, ma tête !

— Tu as un bandage. N'y touche pas ! On a vraiment eu très peur. On ne savait pas si tu reviendrais. Et puis, tout à coup, ton cœur a lâché, tu as fait une crise cardiaque. C'est là que le docteur Lapierre t'a fait des électrochocs et, par miracle, tu es de retour parmi nous, poursuivit Étienne.

Il l'embrassa. Elle se tourna vers Robin.

---

[34] Grave état caractérisé par une perte de la conscience, de la sensibilité et de la motricité.

— Robin... que fais-tu ici ?

— Mon père travaille maintenant ici. Nous avons déménagé à Montréal. Et comme je lui avais déjà parlé de toi...

Robin rougit et Étienne grimaça.

— Doña Paz m'a appelé. Et je suis venu.

— Il ne t'a pas quittée, ajouta Marianne.

— Moi non plus, ajouta Étienne, jaloux.

— J'ai expliqué à Étienne que j'avais une copine, ajouta Robin.

Le docteur Lapierre, qui s'était mis à l'écart, se rapprocha.

— Si vous le voulez bien, jeunes gens, j'aimerais examiner la patiente. Pouvez-vous nous laisser seuls ?

— Oui, dirent les autres, qui sortirent dans le corridor.

Le médecin s'approcha et commença par prendre la tension artérielle d'Asclé.

— Docteur, qu'est-ce qui se passe quand on est dans le coma ?

— Vous êtes sûrement mieux placée que moi pour le dire.

Il ajusta le bracelet à son bras.

— J'ai vu et entendu beaucoup de choses, dit-elle.

— Oui, on dit souvent que l'ouïe est présente dans le coma.

Asclé sentit peu à peu son bras se faire compresser.

— On peut avoir des hallucinations ?

— Oui, les médicaments que vous avez reçus ont pu déclencher des hallucinations. D'ailleurs, il est bien possible que vous continuiez à en avoir encore pendant quelques jours.

Asclé repensa à toute l'histoire qu'elle venait de vivre. Le docteur prit sa température et vérifia ses signes vitaux.

— Tout m'a l'air bien, mais puisque vous avez fait un arrêt cardiaque, il faudra vous reposer. Je laisse donc venir vos amis pour que vous puissiez vous dire au revoir, mais ensuite, repos jusqu'à demain, d'accord ? De toute manière, eux aussi devront se reposer.

— Combien de temps suis-je restée dans le coma ?

— Deux longues semaines.

— Incroyable ! Ça m'a paru beaucoup plus court.

Le docteur lui sourit.

— Alors, du repos, jeune fille.

— Oui. Merci, docteur.

— C'est un plaisir.

— Euh… docteur !

— Oui ?

— Êtes-vous une hallucination ?

Le docteur Lapierre se mit à rire.

— Je ne le crois pas, non, mais qui sait !

Il sortit en rigolant. Étienne entra dans la chambre.

— Les autres m'ont permis de venir te saluer seul. Je te remets ceci.

— Mon miroir magique !

— Nous avons dû te l'enlever à cause de tous ces trucs qu'ils t'ont mis, et cela m'a beaucoup inquiété. J'ai eu très peur, Asclé. Je me disais que cela aurait été ridicule que tu meures frappée par une voiture après toutes les aventures que nous avions vécues, mais la vie est surprenante, des fois. Je t'aime.

Il se pencha pour l'enlacer.

— Je t'aime, moi aussi, dit-elle.

— Marianne est partie reconduire ta mère chez elle, elle reviendra demain. On a tous vécu d'intenses moments, tu sais.

— Et Salomé ?

— Ton chat va très bien. Quand tu l'as appelé, il a vu la voiture et lui, il n'a pas traversé. Tandis que toi…

— Je comprends... Étienne, peux-tu m'accorder une faveur?

— N'importe quoi.

— J'aimerais parler seule à seul avec Robin.

Il soupira.

— C'est bien parce que je t'aime plus que tout au monde...

Asclé lui sourit.

— Merci!

Le jeune homme sortit de la chambre en lui soufflant un baiser. Robin y entra à son tour. Un sac en bandoulière sur l'épaule, il vint s'asseoir à côté du lit.

— Tu voulais me parler?

— Oui, je voulais... enfin... tu étais avec moi dans le coma. Enfin, pas exactement, mais pour moi, tu y étais vraiment...

— Mon père dirait que c'est normal, que tu as dû entendre mon nom et que tu l'as superposé à ce que tu vivais dans ton coma.

— Ça n'a pas d'importance, ce que les autres pensent. Je voulais simplement te dire que ça m'a fait du bien que tu sois avec moi.

— J'imagine que ça m'a aussi fait plaisir d'y être.

— Tu crois que tout ce que j'ai vécu, ce sont des hallucinations ? demanda Asclé.

— Je ne le sais pas, parce que je n'ai aucune idée de ce que tu as vécu, mais j'aimerais que tu me promettes une chose.

— Laquelle ?

— J'aimerais que tu arrêtes de mettre ta vie en danger.

« Si seulement je pouvais faire ce que tu me demandes... », pensa-t-elle en feignant d'accepter.

Étienne, appuyé contre le mur du couloir, se faisait violence pour ne pas regarder dans la chambre.

— Je me suis ennuyée de toi, Robin.

— Moi aussi. Bon, je vais te laisser. Le docteur a dit que tu devais te reposer.

Asclé lui attrapa la main.

— Est-ce que je vais te revoir ?

— Je ne le sais pas...

Ils se regardèrent dans les yeux. Ils n'avaient pas besoin de mots pour se comprendre. Il se pencha et lui donna un baiser sur la joue. Puis, il se leva et s'en alla. Asclé se sentit soudain très seule, comme s'il lui manquait une partie importante d'elle-même.

Quand Robin rouvrit la porte, ce fut un baume pour son cœur.

— Je… enfin… je voulais te dire, tu as des amies qui sont arrivées.

Il s'effaça pour laisser entrer Doña Paz et Marie-Rose.

— *Holà* ! Chérie !

— Doña Paz ! Marie-Rose !

— Bienne contenté qué tou sois mieux.

— J'ai eu si peur !

— De quoi parles-tu, jeune fille ? C'est nous qui avons eu peur de te perdre. Mais tu sembles aller mieux.

— Oui, mais j'ai l'impression qu'un camion m'est passé sur le corps.

— L'imeportanté, c'est qué tou té réposés.

— Apparemment, je ne fais que ça depuis deux semaines, me reposer.

— Jé n'en souis pas si sour. Et toi ?

— Vous avez raison, j'ai l'impression d'avoir vécu l'une des pires aventures de ma jeune vie.

— Nous ne pouvons pas rester longtemps. Le docteur nous a prévenues que si notre conversation dépassait trente secondes, il viendrait personnellement nous mettre à la porte, intervint Marie-Rose.

— Tu parles du docteur Lapierre ?

— Non, le beau médecin qui nous a ouvert la porte.

— Robin ? Il n'est pas encore médecin, à ce que je sache.

Asclé se tourna alors vers la porte de sa chambre. Il lui fit un sourire. Il discutait avec Étienne.

— Alors, tu te reposes, compris ? ordonna Marie-Rose, en déposant un baiser sur sa joue.

— Jé t'ai apporté dé la lectouré, ajouta Doña Paz.

Un bruit leur fit tourner la tête. Un faucon venait de s'agripper au bord de la fenêtre. Asclé eut des frissons et murmura : « Isis ? » Ses vieilles amies sourirent.

— Croyez-vous aux déesses et au diable ? les questionna alors Asclé.

— Les gens ont besoin de croyances pour donner un sens à leur vie. Si d'imaginer des dieux qui les protègent les réconforte, où est le mal ? répondit Marie-Rose.

— Mais le diable ?

— Le mal et le bien sont les deux côtés d'une seule médaille. L'un n'existe pas sans l'autre, c'est comme le jour et la nuit. On aimerait les personnifier et se dire, par exemple, qu'un individu est le diable en personne pour pouvoir le haïr sans honte. Mais en réalité, personne n'est complètement mauvais et personne n'est complètement bon, car en chacun de nous sommeillent ces deux forces opposées.

— Alors, je n'ai fait qu'une sorte de rêve?

— Tou sais, yeuné fillé, chuchota Doña Paz, cé né pas parcé qué tou étais dans lé coma qu'il né s'est rienne passé. Jé pense qué tou mérités dé té réposer.

— Je suis d'accord. Et nous aussi, nous allons nous reposer, ajouta Marie-Rose. C'est exigeant, de mourir.

— Quoi? s'écria Asclé.

— Euh… non! Je veux dire que c'est fatigant de penser mourir.

La vieille femme lui sourit. Doña Paz serra la main d'Asclé en la regardant dans les yeux. La jeune fille sortit un journal du sac qu'elle lui avait apporté. Elle fut surprise d'y lire en première page: « Grande découverte en Égypte.

Les rouleaux du journal intime de Cléopâtre découverts dans le Sérapéum qui fut autrefois la légendaire bibliothèque d'Alexandrie... »

Marie-Rose lui fit un clin d'œil et les deux bonnes amies se dirigèrent vers la porte. Une fois qu'elles furent sorties de la chambre, Étienne s'y faufila en douce.

— Robin a dit qu'il me couvrait.

— Vous faites un beau duo !

— Qu'est-ce qu'elles t'ont apporté ?

Asclé lui montra le journal.

— Elle s'est suicidée.

— Qui ?

— Cléopâtre, voyons ! C'est écrit en gros caractères.

— Ah ! Euh... quelle actualité !

Ils lurent ensemble une bonne partie de l'article.

— « Elle était avide de connaissances : beauté, santé, langues, histoire... Ce qui explique sans doute le magnétisme qu'elle avait auprès de la gent masculine. » Le génie frôle souvent la folie ! lâcha Asclé.

— Elle te ressemble, tu ne trouves pas ?

— Ha ! Ha ! Aïe ma tête !

— Ses nombreuses quêtes l'ont amenée à tout apprendre et à tout faire. Un peu comme tes visions dans tes anciennes vies.

— Mais le plus incroyable, Étienne, c'est qu'elle ait tout mis par écrit !

— Tiens, elle avait aussi écrit un traité sur les cosmétiques. Marianne en serait sûrement enchantée… Qui aurait pu savoir tout ça ? Tout ce qui a été écrit sur elle à sa mort l'a été par ses ennemis. Ceci est un véritable trésor !

— Oui, maintenant, on aura des tas de renseignements sur l'Égypte antique grâce à elle. Un autre article parle de la découverte probable du tombeau de Cléopâtre et de Marc-Antoine. Je n'y crois pas.

— Pourquoi ?

— Parce que… parce qu'Octave n'aurait pas approuvé que les sépultures reposent ensemble. Je crois qu'il a fait rapatrier le corps de Marc-Antoine à Rome pour qu'il soit enterré à côté de celui d'Octavie. Ce fut sa vengeance personnelle.

— Ah bon ! Tu en sais des choses, toi !

Étienne sembla déçu.

— Et nous qui ne ferons pas partie de l'histoire ! J'aurais bien aimé avoir une aventure en Égypte... Dommage !

— Tu dis n'importe quoi ! plaisanta Asclé.

— Non, c'est vrai ! Je m'ennuie, je n'ai pas eu d'énigme à résoudre depuis longtemps. Imagine un peu... J'aurais pu être Jules César et toi, la belle Cléopâtre !

— C'est bizarre, mais j'imagine très bien cette vie-là !

— En plus, sais-tu la signification de mon prénom ? Étienne, ça veut dire « couronné » en latin ! Ha ! Ha ! Et que portait Jules César, hein ?

— Une couronne de laurier ?

— Exact ! Sauf que moi, je ne me serais jamais laissé assassiner. Je me serais défendu, moi, madame, et je vous aurais défendue, très chère pharaonne.

— Mais Cléopâtre n'est pas morte en même temps que César, tu sais. Après la mort de ce dernier, elle est sortie avec un jeune homme qui s'appelait Marc-Antoine...

Asclé lança un regard en direction de la porte de sa chambre. Robin était toujours là.

Elle détourna les yeux et se concentra sur Étienne.

— Je t'aime, Étienne Hénault.

— Je t'aime, chère Cléopâtre !

Il lui baisa la main. Asclé le regarda, aux anges. Elle l'aimait plus que tout, même quand il faisait le bouffon. Elle l'aimait et elle était bien contente d'avoir pu le protéger dans cette aventure, si aventure il y avait eue. Elle jeta de nouveau un œil sur l'article. Incroyable, quand même ! Puis, en levant la tête vers la porte, elle aperçut un beau jeune homme aux yeux de glace, vêtu d'un manteau de laine noir qui la salua de la main. Elle frissonna. Elle voulut demander à Étienne l'identité de cet individu, quand elle se sentit partir en arrière…

— Asclé ! Non ! Asclé ! Pas encore, bon sang ! cria Étienne. Tu viens à peine de revenir. Robin ! Viens ! On a besoin de toi !

ÉPILOGUE

La vie est faite d'illusions.
Parmi ces illusions,
certaines réussissent.
Ce sont elles qui constituent la réalité.
Jacques Audiberti, *L'effet Glapion*

Après quelques semaines de repos, Asclé put retourner à l'école avec ses amis, qui l'aidèrent à se rétablir. Avait-elle vraiment vécu cette aventure en Égypte ? Ou avait-elle vécu une expérience de mort imminente ? Elle ne serait jamais capable de le dire. Le mot « coma » signifiait « sommeil profond », en grec. Avait-elle simplement dormi ou rêvé ? Aucune réponse n'aurait pu lui convenir. Pourtant, un sentiment de satisfaction la remplissait. On avait découvert le journal intime d'une souveraine égyptienne, Cléopâtre. Peut-être que ce que l'on prenait pour la réalité n'avait aucune importance ? L'accident lui avait pourtant prouvé qu'elle n'était pas immortelle. Elle décida donc de bien vivre le moment présent et de profiter à fond de la présence de ses amis, de sa mère et de son chat, Salomé, qu'elle avait retrouvé avec plaisir. Après tout, elle savait qu'une autre aventure l'attendrait et que son miroir magique maya la protégerait.

Titres de la collection

Asclé — Tome 1 — La promesse
ISBN 978-2-89595-315-9

Asclé — Tome 2 — La vengeance
ISBN 978-2-89595-316-6

Asclé — Tome 3 — Le combat
ISBN 978-2-89595-317-3

Asclé — Tome 4 — Le trésor
ISBN 978-2-89595-382-1

Asclé — Tome 5 — La terreur
ISBN 978-2-89595-430-9

Asclé — Tome 6 — La mort noire
ISBN 978-2-89595-436-1

Asclé — Tome 7 — La solution finale
ISBN 978-2-89595-533-7

Asclé — Tome 8 — La grande découverte
ISBN 978-2-89595-524-4